Roland Werner

Mehr wert als Millionen

Sabine Ball, das „Stoffwechsel“ und Gottes gefundene Kinder

BRUNNEN
VERLAG GIESSEN · BASEL

Dr. Roland Werner, Jahrgang 1957. Wohnt mit seiner Frau Elke in Marburg. Studium der Theologie, Semitistik und Afrikanistik. Viele Forschungsaufenthalte in Nordafrika. Leiter des Christus-Treff Netzwerks. Vorsitzender von Christival – Kongress junger Christen.

Roland Werner im Brunnen Verlag:
Faszination Jesus. Was wir wirklich von Jesus wissen können (mit Guido Baltes)

Reggae, Rum und Real Worship. Ansichten und Einsichten eines christlichen Globetrotters

Das Zitat auf S. 151 stammt aus „Dietrich Bonhoeffer, Widerstand und Ergebung. S. 25." © Chr. Kaiser/Gütersloher Verlagshaus GmbH, Gütersloh

Die verwendeten Bibelstellen sind in einer freien Übertragung zitiert.

2. Auflage 2005

www.brunnen-verlag.de
Lektorat: Petra Hahn-Lütjen
Umschlagfoto: Sven Scholz
Umschlaggestaltung: Ralf Simon
Innenfotos: S.147: Sven Scholz; Rest: Privat
Satz: DTP Brunnen
Herstellung: GGP Media GmbH, Pößneck
ISBN 3-7655-1897-2

„Dem Verein *Stoffwechsel* in Dresden, der Gründerin Sabine Ball und den vorbildlichen Mitarbeitern, gelten meine guten Wünsche. Von Neuem lernen wir von ihnen mit Dankbarkeit, dass Hoffnungslosigkeit keinen Platz im Leben der Kinder und Jugendlichen haben darf."

Dr. Richard von Weizsäcker
Bundespräsident a. D.

„Sabine Ball und das Team vom *Stoffwechsel* e.V. haben mit ihrem Engagement und ihrem Einsatz für Jugendliche in Dresden nie persönliche Interessen verfolgt. Diese Einstellung finden wir heute immer seltener, aber genau deswegen sollten sie uns allen ein leuchtendes Beispiel sein."

Ingolf Roßberg
Oberbürgermeister von Dresden

Allen Menschen,
die *Stoffwechsel* zu dem gemacht haben, was es ist

Allen Gästen,
die hier einen Ort der Hoffnung fanden

Allen Kids,
die mit ihrem Lachen, ihren Tränen
und ihrer Ehrlichkeit die Herzen bewegten

Allen Mitarbeitern,
die im Lauf der Jahre mitgeholfen haben,
dass der alte „Stoff" gegen den besten „Stoff"
gewechselt werden konnte

Allen Freunden,
die durch Gaben und Gebete die Arbeit ermöglichten

Allen denen,
deren Geschichte auch hätte erzählt
werden können und müssen

Euch allen
sagt Gott der Vater: Ihr seid mehr wert als Millionen!

Sabine Ball, Ralf Knauthe
und Roland Werner 2005

Er wird das Herz der Eltern den Kindern zuwenden und das Herz der Kinder den Eltern.

Maleachi 3,24

Jesus ist nicht gekommen, sich dienen zu lassen, sondern um zu dienen und sein Leben als Lösegeld für alle Menschen hinzugeben.

Markus 10,45

Einführung

Eine Begegnung im Zug und die Folgen

Es ist sicher mehr als zehn Jahre her. Ich fuhr mit der Deutschen Bundesbahn, wohin, weiß ich nicht mehr. Es könnte Dresden gewesen sein, da ich damals mithalf, den großen Jugendkongress Christival vorzubereiten, zu dem schließlich im Mai 1996 über dreißigtausend Teilnehmer in die sächsische Landeshauptstadt kamen.

Im Zug lag die Zeitschrift der Bahn aus. Ich nahm ein Exemplar in die Hand und blätterte es locker durch. Ein Bild erweckte meine Aufmerksamkeit: eine ältere Dame aus Amerika, die in Dresden Kindern und Jugendlichen hilft, und das offensichtlich im Namen von Jesus Christus. Die musste ich kennen lernen! Das war mir klar. Und so besuchte ich bei der nächsten Gelegenheit Sabine Ball.

Nie werde ich vergessen, wie ich in das kleine Zimmer kam, das direkt neben dem *Café Stoffwechsel* gleichzeitig als Büro, Empfangsraum, Wohnzimmer und Privatwohnung von Sabine Ball diente. Worüber wir sprachen, weiß ich nicht mehr. Doch der Besuch hat einen bleibenden Eindruck hinterlassen. Hier war eine Frau, die vieles erlebt hat, und jetzt ihr Zentrum ganz in Gott, in Jesus Christus gefunden hat.

Eine Frau, die aus diesem Zentrum heraus ein brennendes Herz für junge Menschen, einen großen Weitblick und den Mut zur tatkräftigen Einmischung entwickelt hat. Eine Frau, die versuchte, Gott zu lieben, von ganzem Herzen, von ganzer Seele, mit aller Kraft. Und die ebenso ihren Nächsten lieben wollte wie sich selbst. Dass dieser Nächste in der Gestalt eines Mädchens aus der Dresdner Neustadt vor ihr stand oder als Junge aus der kinderreichen Familie, dessen Fehlen zu Hause kaum auffiel, war irgendwie logisch.

Hier war Sabine in ihrem Reich. *Café Stoffwechsel* und das Wohnzimmerbüro nebenan mit darüber eingezogener Schlafebene waren die Schaltstelle für ihre Arbeit. Aber das, was hier geschah, reichte weiter. Hier entstand eine Botschaft, die nicht nur den Kindern von Dresden-Neustadt galt. Sabine hatte einen Schatz anvertraut bekommen, den sie mit vielen Menschen teilen musste. Da waren die Mitarbeiter, die im Lauf der Jahre dazukommen würden, Jüngere und Ältere, Frauen und Männer, denen Gott eine gleiche Vision gegeben hatte. Da waren die Menschen in Dresden selbst, Leute in hohen Stellungen und der Mann oder die Frau auf der Straße, die anhand von Sabine Ball sehen konnten, dass Glaube und Gebet keine Relikte aus längst überholter Zeit sind, sondern hier und heute zu gelebter Wirklichkeit führen können. Da war die große Öffentlichkeit in unserem Land, die hören sollte, dass Gott eine einfache, ältere Frau gebrauchen kann, um etwas ganz Neues anzufangen, das weite Kreise ziehen würde.

Der Artikel in der Bahnzeitschrift war nur einer von unzähligen anderen. Nicht zuletzt im Christival-Magazin „Danke!“, das in fast allen Dresdner Haushalten verteilt wurde, und in dem neben anderen persönlichen Glaubensgeschichten auch die von Sabine Ball zu lesen war. Da waren die Fernsehsendungen, bei denen sie zu Gast war und in einfacher, direkter Weise von Gottes Wirklichkeit und Liebe sprechen konnte, und auch die unzähligen kleineren und größeren Vorträge bei Vereinen und Gemeinden, in Kirchen und Sälen, in Schulen und Gefängnissen, vor Geschäftsleuten und Jugendlichen und zahllosen Frauentreffen. Der Schatz musste weitergegeben werden. Und beim Weitergeben machte Sabine Ball die Erfahrung, dass er nicht kleiner wurde, sondern sich vielmehr vermehrte.

Und da war das Werk, das um sie herum entstand und wuchs und täglich weiter wächst.

Längst ist es nicht mehr „nur“ ein kleines Café an der Straßenecke. Der Verein *Stoffwechsel e. V.* ist inzwischen eine sozialdiakonische Einrichtung mit vielen verschiedenen Arbeitsbereichen. Eine große Schar von Mitarbeitern hat Verantwortung übernommen. Jede und jeder von ihnen hat eine eigene Glaubensgeschichte, ebenso wertvoll und spannend wie die von Sabine. Einige von ihnen werden ebenfalls in diesem Buch erzählt.

Keiner der Mitarbeiter, das habe ich bei allen Begegnungen gemerkt, versucht, Sabine zu kopieren. Das kann man einfach nicht, und es wäre auch völlig verfehlt, denn Gott prägt immer Originale, nie Kopien. Doch sie haben alle kapiert, was Sabine auch verstanden hat: dass Gottes Herz gerade für die schlägt, die wir leicht übersehen.

Jetzt steht das Werk, das um Sabine Ball herum entstanden ist, an einem weiteren Wendepunkt. Die Verantwortung geht auf die nächste Generation über. Meine Hoffnung ist, dass die Menschen, die durch Sabine Ball Segen erfahren haben, auch der nächsten Mitarbeitergeneration ihre Freundschaft und Unterstützung gewähren werden. Denn die Aufgaben sind immer noch groß und die Herausforderung, im Namen Gottes etwas Mutiges für die Menschen zu tun, gilt nach wie vor.

Die Geschichte geht weiter. Die Vision geht weiter. Die Sache Gottes in dieser Welt ist noch längst nicht zu Ende. Jeder von uns kann ein Teil davon sein. Denn jedes Leben, jeder Mensch, ist unendlich viel mehr wert als Millionen.

Roland Werner 2005

I
Die Vision

und wie alles entstand

Die Lebensgeschichte von Sabine Ball liest sich wie ein Roman. Ihre Biografie „*Mehr als Millionen*“ berichtet von ihrer Kindheit in Königsberg, der Bombennacht in Dresden, ihrer Auswanderung nach Amerika, ihrer Heirat und ihrem Leben in der High Society, ihrer Scheidung und Suche nach der Wahrheit in Kalifornien und Indien und schließlich ihrer alles verändernden Begegnung mit Gott.

Als sie ihn in der Person von Jesus kennen lernte, drehte sich ihr Leben noch einmal, und diesmal grundlegend. Sie begann, ihr Leben bewusst als Dienst aufzufassen und suchte immer neu nach Möglichkeiten, Menschen zu dienen: den Armen in New York, allein stehenden Müttern in Kalifornien, ehemaligen Hippies und sterbenden Menschen, die ihre Pflege brauchten. In diesen bewegten Jahren lebte sie für ein Jahr in München als Haushaltshilfe. Gott gebrauchte dieses Jahr, um etwas ganz Neues in Sabine vorzubereiten, etwas, das erst zehn Jahre später überhaupt seinen Anfang nehmen sollte. Doch der Same für das, was in Dresden-Neustadt in den Neunziger Jahren entstehen sollte, wurde während dieser Zeit gelegt. Wir schreiben das Jahr 1981. Sabine Ball berichtet von einer denkwürdigen Zugfahrt:

Noch eine Begegnung im Zug

„Ich stand im Zug und starrte durch das Fenster. Ich nahm die abgestandene Luft und die Enge des Ganges kaum wahr. Sah den Mann nicht, der umständlich seinen Koffer vor sich herschiebend, sich an mir vorbeizwängte. Meine Aufmerksamkeit war auf die vorüberfliegende Landschaft ausgerichtet. Ich fuhr durch die DDR, von München nach Berlin, um an einem Jesus-Treffen teilzunehmen. Nach vielen Jahren kehrte ich zurück und dachte an meine Erlebnisse in Berlin. Die Olympiade, Hitler, und ich als Elfjährige an der Hand meines Vaters, alles mit riesigen Augen betrachtend. Ich begegnete meiner Vergangenheit, doch wie hatten sich die Umstände verändert!

Der Zug kam ins Schlingern und ich suchte Halt am Griff des Fensters. Die Wirklichkeit war in gleichförmiges Grau in Grau gewickelt. Ich sog diese Umgebung auf, so als wenn ich jede Einzelheit in mein Herz ziehen wollte. Ich sah die hochherrschaftlichen Häuser, die ihr Dasein im Bettelkleid einrichteten – langsam dem Siechtum preisgegeben –, vor sich hindämmerten, die Autos, die in Reih und Glied die Straßen entlangstotterten und weiße Fahnen in die Luft malten.

Es fehlten die Farbe, das Leben und die fröhlichen Menschen. Es erschien mir alles wie im Totenschlaf. Obwohl das Gras genauso grün, der Himmel überall gleich war, spürte ich, dass in diesem Land unter dieser Regierung vieles den Bach hinunterging, was kostbar und achtenswert war. Diese Menschen waren mir wertvoll. Bilder von Königsberg, meiner Kindheit schossen in meine Gedanken, um mich nahtlos an all das Verlorene, das Aufgegebene zu erinnern.

Ich wurde traurig und spürte tiefe Sehnsucht. Die Tränen liefen mir die Wangen hinunter, und ich betete still: ‚Herr, lass mich zurückkommen. Schenk mir bitte ein Jahr in der DDR, in meiner einstigen Heimat!'

Ich kehrte abermals in die Vergangenheit zurück. Die Zeit nach dem Krieg. Wir mussten aus Ostpreußen fliehen. Es war nicht alles gut – beileibe nicht. Aber wir hatten Zeit, Zeit füreinander. Unser Herz war fröhlich.

Dabei hatten wir wenig, immer und überall mussten wir uns anstellen. Nach Lebensmittelkarten Schlange stehen, nach Milch Schlange, nach Karten Schlange, im Fleischergeschäft Schlange.

Doch man hatte Zeit, sich zu begegnen, anzuhalten und zu reden. Dabei waren viele Dinge zu erledigen: Wäsche in der Badewanne von Hand zu waschen, Kohlen holen, Feuer anmachen, damit es überhaupt warm wurde. Dennoch, damals gab es keinen Stress.

In Amerika und in Westdeutschland ist heute alles unter Stress. Wir laufen, eilen, rennen, als wenn wir den Schalter zum Ausschalten verloren hätten. ‚Wir machen wirklich was verkehrt!', murmelte ich und wischte eine Haarsträhne zurück, die sich gelöst hatte. ‚Nun haben wir so viele Maschinen, Waschmaschine, Zentralheizung, elektronische Meisterwerke jeder Art und doch weniger Zeit. Wir arbeiten für die Maschinen.'"

Doch Sabines Traum, ein Jahr in ihrer alten Heimat verbringen zu können, erfüllte sich viele Jahre nicht. Erst mehr als zehn Jahre nach dieser Zugfahrt kam ihre Zeit. Die Mauer war gefallen, und was zu DDR-Zeiten nicht möglich war, geschah: Sabine kehrte zurück. Zuerst ging es nach Pirna, nicht weit von Dresden. Sie berichtet:

Ein denkwürdiger Tag

„Gott vergisst keine Gebete – er fügt sie ein in unser Lebensmosaik, webt und strickt an unserem Leben. Manchmal erscheint alles wie ein Gewirr von Farben und unterschiedlichen Fäden, die lose herumhängen, oder aber wie ein dickes Knäuel, das in sich verknotet ist. Doch ich bin überzeugt, dass am Ende unseres Lebens ein wunderschöner Teppich gewoben ist.

Mein erstes Jahr verbrachte ich in Pirna, ein kleines Städtchen zwanzig Kilometer südöstlich von Dresden. Von dort aus begann ich Menschen im berüchtigten Bautzener Gefängnis zu besuchen und ihnen von Gottes Liebe und Zuspruch zu erzählen. Eines Tages fuhr ich frohgemut nach Dresden-Neustadt, und ließ diesen Stadtteil auf mich wirken: Hier waren die Künstler, Studenten, Punks, die Anti-Leute zu Hause. Und viele Minderbemittelte. Vor allem trafen sich hier Hinz und Kunz, was ganz besonders die Jugendlichen anzuziehen schien. Ringsherum standen alte eingefallene Häuser, die alle einmal im Glanz von Geld und Reichtum ihre Fassade präsentiert hatten und nun mit kaputten Fensterscheiben und zugenagelten Fenstern zu verrotten schienen. Immer wieder auch tote Winkel voller Unrat und kaputte, eingefallene Dächer, aus deren Dachrinnen Bäume in den Himmel wuchsen. Marode Berge von Schutt und achtlos Weggeworfenem, kombiniert mit Unkraut und meterhohen Brennnesseln, konkurrierten mit dem Verfallenen. Ich ging durch die Straßen und sah die von den bröckelnden Hausfassaden schreienden Graffiti. Die Botschaften erzählten von der Wut und den Ohnmachtsgefühlen der Jugendlichen.

Ich betrat die Alaunstraße, die eine Hauptader war in dem Gewirr von Gassen und Straßen. Hier versuchten sich kleine Geschäfte über Wasser zu halten. Es schien, als ob die renovierten Einrichtungen und beklebten Auslagen versuchten, all die Tristesse wegzuwischen. Man musste auf die Straße achten, denn die war oft uneben, aufgebrochen oder fiel ab. Lockere Steine und Hundekot lagen herum. Ich kam an die Neustadt-Scheune. Ein Szene-Treff für Jugendliche. Ich betrat sie und nahm mir ein Programmheftchen. Neugierig sah ich mich um. Mich interessiert, was die Jugend denkt, bewegt, womit sie sich abgibt. Abgedunkelte, schwarze Wände umgaben mich.

Ich kehrte zum Auto zurück und blätterte in dem Heftchen. Der Inhalt erschütterte mich, rührte mein Herz ganz tief an. Das gesamte Angebot hatte ausschließlich mit Pornografie, Brutalität und irgendwelchen bösen Wesen zu tun. Es war, als ob Gott seinen Finger auf mein Herz legte und mir seine Sichtweise offenbarte. Ich musste weinen – waren es meine Tränen? Oder war es vielmehr Gott, der um diese Generation weint?

Ich sah diese Jungen und Mädchen, die von Gott nichts gehört hatten, ihre ganz eigenen Lebensmodelle aufbauten. Die sich mit Dingen beschäftigten, die alle nicht dazu dienten, ihnen geeignete Wege aufzuzeigen, um dem Leben zu begegnen.

Ich stieg aus und ging die Louisenstraße hinunter. Tief betrübt beobachtete ich die Jugendlichen. Sie schienen trostlos, hoffnungslos, und ich dachte: ‚Wo sind hier die Christen, die den Jugendlichen Gottes Liebe und Barmherzigkeit bringen können?'

Ich sah auf einen Punk, der zusammengekauert auf der Straße saß und keinen anderen Weg sah, als die Menschen um ihn herum um Geld zu bitten, um zu überleben, wohl ohne überhaupt nachzudenken, die Konsequenzen zu bedenken. Die Fassade aus Dread-Locks, aufgeschlitzten Hosen mit möglichst vielen Löchern, konnte jedoch die Wahrheit seiner Augen nicht überdecken. Sein Herz war verwundet. Ich verstand ihn, ohne seinem Lebenswandel recht zu geben.

Ich ging betend weiter, um an der nächsten Ecke die leise Stimme Gottes, sehr klar, zu hören. ‚Ich schicke dich hierher!' Mein Herz setzte fast aus. Das musste ein Irrtum sein! Ich hatte mich verhört. Ich bin achtundsechzig Jahre alt, was soll ich hier tun können? Ich bin achtundsechzig Jahre, schossen meine Gedanken hin und her. Alles in mir bäumte sich auf. Ich dachte an Amerika, an Lord's Land, all die Mühe des Aufbaus in meinem ehemaligen Hippieland und jetzigen christlichen Freizeitzentrum, an alle guten Dinge, die erreicht worden waren. Das hier war ein Irrtum, ganz bestimmt!

Andere gehen in Rente ... und ich sollte in Dresden ganz von vorn beginnen? Alles von vorne, in dieser trostlosen Gegend? Das konnte ich mir nicht vorstellen. Wollte es mir nicht vorstellen. Tief in meinem Herzen jedoch wusste ich: Es ist die Wahrheit. Aber manchmal braucht es seine Zeit, bis wir die Wahrheit akzeptieren und folgen können.

Nein, ich wollte nicht. Doch der Herr begann wieder durch mein Gewissen zu reden. ‚Deine Arbeit fängt jetzt erst richtig an!' Meine Augen weiteten sich. Das sah ich anders. Hier in dieser Stadt noch einmal eine Arbeit beginnen – mit der schlechten Luft, Ofenheizung und Klo auf dem Gang? Ich konnte es mir nicht vorstellen. Beim besten Willen nicht, Herr!

Gott redete weiter: ‚All die Jahre waren Vorbereitung. Training für diese Arbeit. Hier ist jetzt dein Platz! Wenn du mir vertraust – werde ich es durch dich tun!‘

‚Nein, Gott – das kann es nicht sein. Ich bin achtundsechzig Jahre, eine Frau, kenne hier niemanden, bin ganz allein in einer fremden Stadt!‘

Ich hörte als Antwort lediglich eine Bibelstelle: ‚Wir können alles tun durch Jesus Christus, der uns stärkt.‘ (Philipper 4,13) Diese Bibelstelle kam all meinen Ausflüchten und Einwänden zum Trotz immer wieder: ‚Wir können alles tun durch Jesus Christus, der uns stärkt.‘“

Soweit der Bericht von Sabine Ball. Was ihn für mich so besonders macht, ist dies: Sabine hatte nicht nur eine Vision, eine Schau von dem, was ist, und was sein könnte, sondern sie begann, diese Vision zielstrebig umzusetzen. Sie war nicht nur bewegt, sie weinte nicht nur um eine verlorene Generation, sondern sie ging einen Schritt weiter – und nicht nur einen. Sie ging los im Vertrauen darauf, dass die Stimme, die zu ihr sprach, keine Einbildung ihrer Fantasie war, sondern die Stimme Gottes, der sie senden wollte, die Stimme des Gottes, auf den Verlass ist.

2 Wurzeln und Wachstum

und wer mit ins Boot kam

Die ersten Kontakte

Sabine hörte auf die Stimme. Ganz am Anfang stand aber nicht nur Sabine allein, sondern da waren auch andere Menschen, die schon lange im Namen Gottes in Dresden und besonders in Dresden-Neustadt unterwegs waren. Mit ihnen wollte sie sich verbinden. Sie wollte nicht ‚ihr eigenes Ding machen', sondern mit anderen Christen zusammenarbeiten. So fing sie an, ihre Fühler auszustrecken und schrieb im November 1992 aus den USA folgenden Brief:

17. November 1992

Lieber Pfarrer Günther,
Sie werden sich sicher noch meiner erinnern. Ich bin die ältere Frau aus den U.S.A., State California. Im Mai dieses Jahres sprach ich mit Ihnen über mein Anliegen, eventuell wieder nach Dresden zurückzukommen, um dort vor allen Dingen mit der Jugend – Punks, Skinheads und anderen – zu arbeiten. Meine Gebete und mein Herz sind noch immer in Dresden-Neustadt, obwohl ich hier auf dem Lord's Land wie im Paradies lebe. Aber wenn Gott ruft, wird sein Herzenswunsch unserer.

Ich habe nun an verschiedene Behörden in Dresden geschrieben und lege einige Kopien mit bei; bis jetzt habe ich nur eine Antwort erhalten. Das hat mich aber nicht entmutigt. Ich suche weiter nach einem Laden in Dresden-Neustadt mit Wohnung, möglichst mit zwei, drei Zimmern. Alles kann im reparatur-

bedürftigen Zustand sein. So wende ich mich heute an Sie und bitte um Hilfe. Vielleicht können dieser Brief oder das Anliegen in der Gemeinde bekannt gemacht werden. Zu den finanziellen Möglichkeiten: Ich lebe im Glauben, könnte aber bis siebenhundert Dollar monatlich Miete bezahlen.

Ich komme als Diener Gottes nach Dresden, und meine Absicht ist, mit den dortigen Kirchen gemeinsam zu arbeiten (Luther-, Methodisten-, Pfingst- und Jesus-Gemeinde) – für welche Gemeinde die Menschen, die zu uns kommen, sich später entscheiden, überlasse ich Gott alleine. Ich habe nicht die Absicht, eine neue Kirche oder Gruppe anzufangen.

Mein Flug zurück nach Deutschland ist für den 30. Dezember 1992 gebucht. Eine Deutsch sprechende Amerikanerin wird mir in ein paar Wochen folgen. Wir planen, sechs bis acht Monate in Dresden-Neustadt zu bleiben, um die Arbeit dort anzufangen und sie später an die dortigen Kirchen weiterzugeben. Für jede Hilfe wäre ich sehr dankbar und freue mich jetzt schon, mit Ihnen allen zusammenzuarbeiten.

Möge Gott uns in allen Dingen leiten, so dass sein Licht durch uns sichtbar wird in dieser dunklen Welt.

In der Liebe Jesu,
Sabine

Sabine Ball hatte schon einige Monate vorher an den damaligen Oberbürgermeister von Dresden geschrieben:

Kronberg, den 30.6.1992

Sehr geehrter Herr Dr. Wagner,
ich komme heute zu Ihnen mit einem Anliegen, das mir seit einigen Monaten am Herzen liegt.

Ich bin eine gläubige Christin und lebe seit vierzig Jahren in den USA. Seit einem Jahr bin ich in Pirna mit einer christlichen Hausgemeinschaft verbunden. Durch meine Arbeit hatte ich Zutritt zum Jugendclub ‚Scheune' in Dresden-Neustadt, Alaun-

straße. Ich war zutiefst erschüttert über die dort angebotenen Filme und Programme.

Ich habe zwanzig Jahre lang in den Staaten erfolgreich mit Jugendlichen und jungen Erwachsenen gearbeitet. Drogenabhängige, Aussteiger und andere Problemgruppen wurden in meinem Camp in California aufgefangen und wurden durch Liebe und das Wort Gottes motiviert, einen neuen Weg einzuschlagen und so maßgeblich gestärkt, dass sie im Leben wieder zurechtkommen konnten.

Ich bin erschüttert über die Hoffnungslosigkeit in den Gesichtern vieler Jugendlicher in den neuen Bundesländern und möchte helfen.

Meine Vision ist es, für die jungen Menschen eine Anlaufstelle zu schaffen, wo sie in einer warmen, einladenden Atmosphäre Vertrauen fassen und von der Liebe Gottes hören können. Das könnte geschehen in einem kleinen Laden (mit Wohnung), wo gut erhaltene Secondhand-Kleidung aus dem Westen und Handarbeiten verkauft werden und wo dann bei einer Tasse Tee erste Kontakte geschaffen werden – und zwar in Dresden-Neustadt.

Die bestehenden Kirchen in Neustadt: die Lutherkirche (Pfarrer Wachsmuth), die methodistische Kirche (Pfarrer Riedner), die Pfingstkirche (Pfarrer Günther) und die Jesus Gemeinde (Jürgen Arnold) sind mit mir bekannt und werden mich bei meinem Plan unterstützen. Ich möchte mit jungen Christen dieser Kirchen zusammenarbeiten, um den Suchenden die Freiheit, Wahrheit und Liebe Gottes nahe zu bringen, damit sie die Kraft haben, den Drogen zu widerstehen.

Ich wäre dankbar, wenn man mir bei der Beschaffung geeigneter Räume eine Hilfe geben könnte, finanziell brauche ich für meine Arbeit keine Unterstützung. Die oben genannten Pfarrer können Auskunft über mich geben.

Mit Dank und freundlichem Gruß
Ihre Sabine Ball

Zusammenkommt, was zusammengehört

Sabine Ball machte ihre Ankündigung wahr. Nach wenigen Monaten war sie in Dresden. Doch aus den geplanten sechs bis acht Monaten sollten viel mehr werden. Schritt für Schritt öffnete sich der Weg vor ihr. Stück für Stück des Puzzles fand seinen Platz. Sabine begegnete Menschen, die von ihrer Vision angesteckt wurden, die sich mit ihr verbanden und bereit waren, gemeinsam etwas aufzubauen für die vergessenen Kinder von Dresden. Die allererste war Kathleen, eine junge Frau aus Kalifornien. Kathleen erzählt selbst:

Der Ruf nach Dresden

„Ich bin Amerikanerin, hatte aber von 1974 bis 1986 schon einmal in Deutschland gelebt, und zwar in Hamburg-Wandsbek. Ich arbeitete in einem offenen christlichen Projekt im Rotlicht-Viertel von Hamburg mit dem Namen Augenblicke. Als ich 1986 von Deutschland nach Hause reiste, sagte ich Gott, dass ich nur zurückkehren würde, wenn es dort etwas für ihn zu tun gäbe.

Im August 1992 wollte ich mit einer Gruppe von Ledigen ein Arbeitswochenende im Lord's Land machen. Ich hatte keine Ahnung, dass Gott mir dort eine Möglichkeit eröffnen würde, nach Deutschland zurückzukehren. Das Wochenende fing ganz normal an. Am Samstagabend versammelten wir uns alle um das Feuerloch im Freien, wie im Lord's Land üblich, um zu singen und zu beten. Ich saß zufällig neben Sabine. Irgendwann an diesem Abend legte sie ihre Hand auf meine und fragte: ‚Möchtest du mit mir nach Dresden kommen?' Ich hatte keine Ahnung, worüber sie sprach, wusste auch nicht, dass sie gerade von dort gekommen war.

Sabine sagte, dass sie am folgenden Nachmittag ein paar Freunden von einer Vision erzählen wollte, die Gott ihr für eine

Arbeit in Dresden-Neustadt gegeben hatte. Weil ich neugierig bin, musste ich einfach dableiben und herausfinden, was sich da so zusammenbraute. Als meine Freunde nach San Jose zurückfuhren, blieb ich mit einer Freundin, um die Einzelheiten zu hören. Könnte Gott hier Türen für mich öffnen? Mich überraschte, dass es kein Team gab, keine Finanzierung, nichts war fest … Dies war eine ganz neue Vision, die von einer Frau dargestellt wurde, die ihr ganzes Leben lang viele Projekte ins Leben gerufen hatte, und sie bat mich, mit ihr zu gehen! Am Ende des Gesprächs sagte ich schnell: ‚Ich werde um Bestätigung beten und dich dann anrufen!'

Mein Kopf drehte sich bei all den Möglichkeiten. Ich dachte an meine Worte Gott gegenüber, dass ich nur nach Deutschland zurückkehren würde, um an seinen Zielen mitzuarbeiten. Innerhalb von zwei Monaten hatte ich meine erste Bestätigung. Ich hatte mehrere Jahre lang versucht, ein Haus zu verkaufen, und jetzt gelang das, sodass ich ein monatliches Einkommen hatte, um davon zu leben. Als das geschah, rief ich Sabine an. Ich hatte seit jenem Wochenende nicht mit ihr gesprochen. Ich sagte ihr, dass ich glaubte, dass ich gehen sollte, und dass ich soeben die erste Bestätigung bekommen hatte. Sie schien überrascht. Wir trafen uns einmal oder zweimal, um über die Einzelheiten zu sprechen, bevor sie im Januar 1993 nach Dresden zurückkehrte. Ich folgte ein paar Wochen später, da ich noch einiges regeln und manche Wurzeln in San Jose ausgraben musste: Meine Sachen lagern, meinen Wagen einer Freundin leihen, mein Geschäft auflösen, eine Ausbildungsposition aufgeben, mit der ich eine zweite Berufskarriere einleiten wollte, und meiner Familie und meinen Freunden auf Wiedersehen sagen. Was für ein Abenteuer wartete auf mich!

Sabine hatte für uns eine Wohnung in der Frühlingsstraße in Dresden gefunden, aber als ich kam, war es alles andere als Frühling – es schneite! Doch der Straßenname war wie ein Symbol für den Anfang und die Blütezeit der Arbeit, die zum Café *Stoffwechsel* werden sollte. So waren wir da, zwei Frauen, die eine sechsunddreißig und die andere achtundsechzig Jahre alt, mit 1500 Dollar in unseren Taschen und zwei Koffern – bereit, in Gottes Fußstapfen zu gehen."

Vieles entwickelte sich schnell in diesen ersten Wochen. Sabine hatte mit verschiedenen Gemeinden Kontakt aufgenommen. Gemeinsam mit Kathleen besuchte sie deren Jugendgruppen, um ihre Vision von einem Café mit Secondhand-Laden vorzustellen und um Mitarbeiter zu gewinnen.

Zu den ersten Kontakten gehörte auch ein Pfarrerehepaar, das besonders in der Anfangszeit die Arbeit unterstützte.

Ein geistliches Elternpaar

Edith und Heinrich Wachsmuth waren viele Jahre das Pfarrersehepaar der Martin-Luther-Kirchengemeinde in Dresden-Neustadt. Sie waren in den Fünfzigerjahren aus dem Westen in die DDR gekommen. Lange Zeit leitete Pfarrer Wachsmuth die Geistliche Gemeindeerneuerung in der evangelischen Kirche von Dresden. Beide sind heute noch aktive Seelsorger und setzen sich an vielen Stellen ein, mit einem Herzen für die Stadt und die Zusammenarbeit der Christen. Edith Wachsmuth schreibt im Rückblick:

„Zum ersten Mal trafen wir Sabine Ball, als sie noch zu einem Team in Pirna-Jessen gehörte. Kurz vor ihrer Abreise nach Kalifornien besuchte sie uns und bat uns, ihr in Dresden eine Wohnung zu besorgen, da ihr Einreisevisum in drei Monaten verfallen würde. Wir hielten das nicht für möglich, denn damals gab es kaum Wohnraum in der Dresdner Neustadt. Ich begegnete Sabine Ball wieder, als sie aus den Vereinigten Staaten zurückgekehrt war. Sie stand mit der Frau des Methodistenpastors vor dem Jugendclub ‚Scheune' in der Dresdner Neustadt. Wir begrüßten uns herzlich. Sie fragte mich: ‚Hast du eine Wohnung?'

Ich verneinte.

Sie erwiderte: ‚Na, überlege!‘

Da fiel mir plötzlich ein, dass der junge Mann, der uns drei Tage zuvor ein Zimmer tapeziert hatte, nebenbei erzählt hatte, dass er seine Wohnung in der Frühlingsstraße vermieten und wieder zu seiner Mutter ziehen wollte. Wie konnte ich das vergessen! Ich lud Sabine zu uns ein und rief die Mutter des jungen Mannes an, ob seine Wohnung noch frei wäre. Am Nachmittag wollte jemand die Wohnung anschauen. Nun konnte Sabine einige Stunden vorher diese Wohnung besichtigen und übernehmen.“

So wurde Edith Wachsmuth zur Schlüsselfigur. Denn durch sie lernte Sabine Holm Kehler und seine Mutter Dorothea Eichler kennen, die bald zu einer guten Freundin für Sabine werden sollte.

Eine Freundin der ersten Stunde

Dorothea Eichler berichtet:

„Es war etwa 1993, als mein Sohn Holm aus finanziellen Gründen seine Mansarden-Wohnung untervermieten wollte. Kurz bevor die Interessenten kamen, traf Holm eine ‚interessante‘ Frau aus den Staaten, die eine kleine Wohnung suchte. So erzählte es mir Holm, und Sabine Ball zog ein. Wir fanden uns sympathisch und ich konnte Sabine zu vielen Behörden begleiten. Ich war erstaunt, dass sich alle Türen für sie öffneten und sie schon kurz danach das geeignete Geschäft für ihr Vorhaben fand. In dieser Zeit vertiefte sich unsere Freundschaft, und mein Sohn und ich wurden Gründungsmitglieder des Vereins.“

Die Neugeburt des Schnapsladens

So hatte sich fast nebenbei ein Kernteam für die neue Arbeit gebildet. Was jetzt noch fehlte, war ein Ort, an dem die Vision konkret werden konnte. Eines Tages saßen Sabine und Kathleen bei einem Gebetsabend in der Pfarrwohnung von Wachsmuths. Sie schauten aus dem Fenster auf das Eckhaus auf der anderen Seite des Martin-Luther-Platzes. Dort war ein Schnapsladen geschlossen worden. Heinrich Wachsmuth meinte: Das könnte der ideale Ort sein! Und gemeinsam beteten sie dafür, dass Gott ihnen den geben möge.

Immer wieder gingen Sabine und Kathleen in den nächsten Tagen zu dem Eckhaus vor die heruntergelassenen Rollläden und beteten für diesen Ort.

Überhaupt war Gebet für Sabine und ihre neuen Freunde in diesen Wochen etwas Zentrales. Immer wieder beteten sie in der Pfarrwohnung mit Wachsmuths.

Nicht lange danach kam Dorothea aufgeregt zu Sabine und Kathleen und sagte ihnen, dass sie unter allen, die sich darum beworben hatten, den Laden bekommen hatten.

Er bestand aus drei Räumen, hatte drei Eingänge, eine Toilette und eine kleine Kammer. Kathleen erinnert sich:

„An der Ecke des Martin-Luther-Platzes gelegen – das war einfach perfekt. Der Laden war nur zehn Minuten zu Fuß von unserer Wohnung entfernt. Wir waren außer uns vor Freude, obwohl der Zustand schlecht war und wir eine Totalreinigung und -renovierung vor uns hatten. Aber wir vier, Sabine, Holm, der Mann für den Bau, Lisa, Holms Hund und ich stürzten uns in die Renovierung, acht bis zehn Stunden am Tag, und schafften es in viereinhalb Monaten. Sabine und ich hatten kein Auto, so liefen wir zur Martin-Luther-Straße 12 und trafen dort Holm und Lisa. Manchmal war Holm schon dabei, etwas zu bauen, z. B. die Hochebene oder die Küche, die in der kleinen Kammer über dem Café aufgebaut wurde. Langsam kamen immer mehr Jugendliche, Handwerker und Spenden, die uns unterstützten. Wir staunten immer wieder, wie sich alles entwickelte. Es war, als liefen wir einfach in Gottes Fußstapfen: Er war uns immer einen Schritt voraus und ließ uns sehen, was als Nächstes dran war."

Und so gab es am 24. April 1993 eine große Eröffnung. Einige Jugendliche hatten schon ihr Interesse daran ausgedrückt, regelmäßig mit ein paar Stunden die Arbeit zu unterstützen. Ein Kunststudent malte die Schilder, eine Nachbarin bot an, die Ladenfenster und die Decke des Cafés kreativ zu gestalten. Sabine backte besonderes Gebäck, das die Gäste zu Tee oder Kaffee bekamen.

Kathleen beschreibt diese ersten Tage:

„Jeden Morgen liefen wir zum Laden, beteten eine Stunde lang, machten Kaffee und Tee, öffneten die Türen und ließen uns überraschen, wen Gott für uns an diesem Tag als Besucher vorbeischicken würde. Natürlich kamen in den ersten Monaten alle und jeder vorbei, um zu sehen, welcher neue Laden in der Neustadt eröffnet hatte: Leute aus den christlichen Gemeinden, Sozialarbeiter, Politiker, Journalisten, ältere Menschen, Punks, Skinheads, Studenten und Kinder, einfach jeder. Sabine saß stundenlang bei den Gästen, hatte für alle ein offenes Ohr, erzählte ihre Geschichte und bewältigte alle Öffentlichkeitsarbeit, während ich den Laden am Laufen hielt und natürlich für den Kaffeenachschub sorgte. Unser Leben funktionierte im Glauben an die Wunder Gottes, und dies war faszinierend für die Leute."

Leben von der Hand in den Mund

So entstand aus kleinsten Anfängen ein Werk, das im Lauf der Jahre unzählige Menschen berühren sollte. Dabei gab es keine regelmäßigen Einkünfte für den Unterhalt. *Café Stoffwechsel* lebte damals, und das ist bis heute so, praktisch „von der Hand in den Mund". Was viele nicht sofort merkten: Es war (und ist) Gottes Hand!

Ein eindrückliches Beispiel für diese Versorgung vom Anfang: Sabine versuchte Steffen, einem Alkoholiker aus der Nachbarschaft, dieses Glaubensprinzip zu erklären. Noch während dieses Gesprächs kam ein Mann herein, überreichte Sabine einen Umschlag und verschwand wieder. Als sie ihn öffnete, lagen zweihundert Mark darin! Es war, als ob Gott unterstreichen wollte, dass Leben aus seiner Hand wirklich möglich ist.

Kurz nach der Eröffnung beschloss Sabine, regelmäßige Mahlzeiten anzubieten. Sie begann, jeden Mittag ein warmes Essen zu kochen. Abends gab es belegte Brötchen, und am Samstag einen Brunch für alle.

So entstand eine Tischgemeinschaft, die die unterschiedlichsten Typen vereinigte: Wessis aus der Hausbesetzerszene, Obdachlose, Kinder, wirklich Arme. Alte und Junge saßen zusammen an einem Tisch.

Und auch ein Mitarbeiterteam hatte sich entwickelt. Es fanden sich Menschen, die bereit waren, in die Arbeit einzusteigen. Im Herbst des ersten Jahres waren es ungefähr zwölf. Für Kathleen das Zeichen, dass sich ihre Aufgabe als Starthilfe langsam dem Ende näherte. Sie merkte: Auch hier hatte Gott vorgesorgt. So fühlte sie sich frei, ihre Rückkehr in die USA vorzubereiten:

„Es gibt wirklich keine Zufälle, wenn Gott am Werk ist! Einer von diesen Zwölfen bekam von Gott eine Berufung, vollzeitlich in die Arbeit einzusteigen. Er beendete seinen Job und wurde dann zum Assistenten an der Seite von Sabine, und ist auch heute noch in dieser Position – Knafffi!

Als ich sah, dass jeder seinen Platz fand, fühlte ich, dass sich meine Zeit ihrem Ende näherte. Schließlich hatte ich mich für ein Jahr verpflichtet, und das Jahr war bald herum. Während der Wintermonate übertrug ich mehr und mehr von meinen Aufgaben. Zwei Frauen teilten sich den Einkauf von Lebensmitteln und Nachschub. Andere Teammitglieder fanden sich in die Aufgaben der Leitung des Secondhand-Ladens und des Cafés ein. Hausmeisterarbeiten wurden verteilt und besondere Ereignisse wurden von allen vorbereitet. Dieses junge Team übernahm das Café *Stoffwechsel*, alles innerhalb eines Jahres. So kehrte ich fast genau ein Jahr nach meiner Ankunft wieder nach Kalifornien zurück! Es war mir eine Ehre, in den Fußstapfen meines Gottes zu gehen – und an der Seite von Sabine, die sich von Gott gebrauchen ließ und die bis heute ein leuchtendes Vorbild für ein spannendes, abenteuerreiches Leben ist."

So bildete Kathleen eine Brücke zwischen dem Teil von Sabine Ball, der nach Amerika gehört, und dem Teil, den Gott zurück nach Dresden rief. Als sie zurückkehrte, standen andere bereit, denen Gott die Arbeit mit jungen Leuten in Dresden-Neustadt ans Herz gelegt hatte. Einer von ihnen war Knafffi („mit drei F"), ohne den *Stoffwechsel* nie zu dem geworden wäre, was es heute ist. Auch er hätte sich damals sicher nicht träumen lassen, was aus ihm noch werden sollte, und was er heute ist: der Nachfolger von Sabine Ball in der Leitung des Gesamtwerkes. Doch fangen wir da an, wo es losging.

Ein Christenkind in der DDR

Es ist der 4. Januar 2005. Ich bin im Vorderhaus der Martin-Luther-Str. 29, im ersten Stock. Hier ist die Wohnung von Knafffi und Guni, die mit bürgerlichen Namen Ralf und Gunhild Knauthe heißen. Eine wunderschön eingerichtete Wohnung, minimalistisch bis zur Schmerzgrenze, ordentlich in höchster Potenz.

Ralf alias Knafffi ist neben Sabine die bestimmende Person der ganzen Arbeit. Ruhig, bescheiden, effektiv, zielbewusst und fröhlich, so könnte ich ihn beschreiben. Mit seinem kahl geschorenen Kopf passt er äußerlich in die Szene von Dresden-Neustadt. Mit seinem Herz für Jesus und die Menschen, mit seiner Weitsicht und dem Blick fürs Detail ist er der geborene Leiter. *Stoffwechsel* ohne Knafffi – das ist ebenso wenig denkbar wie *Stoffwechsel* ohne Sabine Ball. Wer ist dieser außergewöhnliche Mann in Gottes Einsatztruppe in der Neustadt von Dresden?

Passt schon!

„Passt" oder „passt schon", das scheint sein liebster Ausdruck zu sein. Es passt: Ralf wird 1969 in der Neustadt geboren, in seinem dritten Lebensjahr zieht die Familie um nach Kleinzschachwitz. Der Bezug zur Neustadt bleibt, schließlich versammelt sich hier die Elim-Gemeinde, zu der die Familie gehört, und außerdem wohnt die Oma hier.

Mit gut dreihundert Mitgliedern ist die Gemeinde ziemlich groß, und so wächst Ralf auch in der DDR-Zeit bewusst und fast selbstverständlich als Christ auf. Gelitten oder Verfolgung erlebt hat er nicht, aber manchmal war es in der Schule doch schwer für ihn, z.B. wenn Gedichte aufgesagt werden mussten, die sich gegen Gott richteten.

So gehörte das Gedicht „Die schlesischen Weber" zum Standardprogramm, und der Satz „Ein Fluch dem Gotte, der uns gemacht!" durfte nicht fehlen. Auch andere Sätze waren beliebt, so die Aussage: „Uns hilft kein Gott, die Welt zu verändern."

Ralf wollte diese Strophen nicht aufsagen, und seine Lehrer akzeptierten das. Auf der anderen Seite war er auch Mitglied der *Freien Deutschen Jugend* und erlebte die Jugendweihe. Damals fand er die FDJ-Treffen „nicht so schlimm" und wollte sich als Christ nicht ausgrenzen.

In der Gemeinde war Ralf von Anfang an aktiv. Er arbeitete mit in der Jugendgruppe, machte Musik, organisierte Freizeitaktivitäten, spielte Gitarre und leitete die Gemeinde beim Lobpreis, was er übrigens bis heute macht. Es passt einfach. Ralf ist ein echter Kerl, durch und durch.

Auch die Sache mit Guni passt – sie stammt aus der Brüdergemeinde und ist fast dreizehn Jahre jünger als er. Als sie sich zum ersten Mal bei ihrem Schulpraktikum im *Stoffwechsel* sahen, funkte es bei beiden. Durch den großen Altersunter-

Guni und Knafffi / Gunhild und Ralf Knauthe zum Stadtfest 2004

schied dauerte es dennoch eine Zeit, bis es beide wagten, eine Beziehung zu beginnen. An Gunis achzehntem Geburtstag heirateten sie, mit dem Segen beider Eltern. „Guni ist die beste Frau, die ich bekommen konnte. Es ist so genial, gemeinsam Gott im *Stoffwechsel* zu dienen“, sagt Knafffi.

Eine Vision, die verbindet

Es war im Januar 1993. In der Elim-Gemeinde war ein Gebets- und Fastentag mit dem Ziel, Ideen für die Zukunft zu entwickeln. Auch Sabine Ball wurde dazu eingeladen, da einige von der „älteren Dame aus den USA“ gehört hatten. Dieses Treffen sollte für Knafffi, damals noch nicht ganz vierundzwanzig Jahre alt und im Kundenservice der Colonia-Versicherung angestellt, zukunftsweisend werden:

„Als Sabine ihre Vision erzählte, war ich gleich Feuer und Flamme. Sie wollte gern in der Neustadt einen Secondhand-Laden mit Café aufmachen, und den Leuten Gottes Liebe nahe bringen. Mein Herz sprang sofort darauf an, zumal ich schon immer so etwas machen wollte. Ich ging zu Sabine und sagte ihr, dass ich sie gern unterstützen wollte."

Gesagt, getan. Knafffi stieg ein, das erste Kernteam war geboren: Sabine, Kathleen und Knafffi. Er organisierte Baueinsätze und half mit, die Einsatzpläne für die ehrenamtlichen Mitarbeiter für den Café-Betrieb zu erstellen. Die Elim-Gemeinde stellte sich dahinter. Der jetzige Pastor, Andreas Rückert, schrieb damals die Handzettel für das *Café Stoffwechsel.*

Gebet in der Mittagspause und eine folgenschwere Entscheidung

Täglich von halbzwölf bis zwölf war Gebetszeit im *Stoffwechsel,* um zwölf Uhr wurde eröffnet. Knafffi nutzte seine Mittagspause, um mit dem Fahrrad schnell von der Arbeit dorthin zu fahren, um mitzubeten. Das war ihm wichtig. Am Eingangsportal war der Rollladen halb hochgezogen, man konnte druntergreifen und die Klinke öffnen. Es war eine kleine Gruppe, die dort betete: Sabine, Kathleen, die Helfer des Tages.

In dieser Zeit dachte Knafffi intensiv über seine Zukunft nach. Er erkannte immer mehr, dass Gott mit ihm einen neuen Weg gehen wollte. Er sollte es wagen, seine berufliche Karriere hinter sich zu lassen und vollzeitlich bei *Stoffwechsel* einzusteigen.

Knafffi war nie untätig gewesen. Er hatte sich schon immer in der Jugendarbeit engagiert, und nebenbei eine große Leidenschaft: Pantomime. Es gab den Gedanken, eine Pantomimeschule in Dänemark zu besuchen. Doch sollte er wirklich sein Hobby zum Beruf machen? Ein anderer Traum war, zusammen mit seiner Schwester einen Jeansladen zu eröffnen. Und da war noch die berufsbegleitende Ausbildung zum Versicherungskaufmann. Sein Chef wollte ihn fördern. So spitzte die Entscheidung sich zu: *Stoffwechsel* oder Versicherungskaufmann? Freunde ermutigten ihn, einfach einen Schritt zu gehen, um die Sache zu prüfen. So kam Knafffi eines Tages im Herbst 1993 mit klopfendem Herzen zu Sabine und Kathleen und schüttete ihnen sein Herz aus: „Könntet ihr euch vorstellen, dass ich im *Stoffwechsel* hauptamtlich einsteige? Mir liegen die Menschen hier in der Neustadt auf dem Herzen!"

Kathleen und Sabine guckten einander an und sagten: „Wir haben immer gebetet, dass Gott uns Mitarbeiter schickt, die in die Arbeit einsteigen, aber wir wollten, dass sie uns selbst ansprechen." Und dann fügten sie hinzu: „Wir hatten einige im Blick, und du warst einer davon!"

Für Knafffi war klar: Hier hatte Gott eine Tür geöffnet, und er war hineingerannt. Doch damit war die Sache noch nicht besiegelt. Er besprach seine Gedanken mit seinen Freunden und seinen Eltern. Und genau hier lag das Problem: Seine Eltern waren absolut dagegen, seinen begonnenen Weg abzubrechen. Knafffi wollte auf seine Eltern hören, denn schließlich hatten sie ein gutes Verhältnis zueinander. Sie sagten ihm: „Junge, Gott hat mit dir den Weg bei der Versicherung angefangen, den solltest du weitergehen. Das andere kannst du ehrenamtlich weitermachen." Sein Vater ging sogar noch weiter: „Ich meine klar, dass es zurzeit nicht Gottes Weg ist. Was Gott anfängt, führt er auch zu Ende." Für Knafffi war diese Aussage schwierig, weil er die Weisheit seines Vaters schätzte. Er war verunsichert und fragte: „Gott, warum schenkst du mir nicht das letzte Ja auch meiner Eltern?" In diesem für ihn schweren Prozess kam er innerlich an seine Grenzen. Schließlich nahm er sich eine Auszeit, um seine Gedanken aufzuschreiben und zu beten. Für Knafffi war wichtig, den Segen seiner Eltern für diesen Glaubensschritt zu bekommen. Zu seiner großen Freude fanden sie nach einigen Monaten doch ein volles Ja dazu.

Doch auch bei ihm gab es ein Umdenken:

„Gott zeigte mir, dass ich ehrlich bereit sein muss für beide Wege. Mir war innerlich die Mitarbeit im *Stoffwechsel* lieber. Das andere nervte mich an, ich konnte es mir auf Dauer nicht vorstellen. Doch genau das verursachte in mir die Angst: Es könnte nur mein eigener Weg sein, weil ich zum anderen keine Lust habe, zumal mich die beruflichen Fortbildungen am Abend sehr eingeschränkt hätten.

Zu diesem Zeitpunkt habe ich noch mal ganz ehrlich gesagt: Gott, ich gehe noch mal an die Startlinie zurück, und sage: Ich bin von ganzem Herzen bereit, bei der Versicherung zu bleiben, und ich bin auch bereit, in den *Stoffwechsel* zu gehen! In diesem Augenblick, als ich auf den Knien lag, hatte ich Gewissheit, dass *Stoffwechsel* richtig ist. Ich konnte gegen den Willen meiner Eltern die Kündigung einreichen, das sichere Boot verlassen und im wahrsten Sinne des Wortes aufs Wasser gehen. Mit meiner Kündigung schlossen sich alle Türen der Versicherungsbranche, da ich keinen Abschluss hatte. So hieß es: Versicherung ade! Und aus meinem ersten erlernten Beruf Feinmechaniker war ich schon zu lange heraus."

Es war wirklich wie ein Schritt aufs Wasser, ohne Finanzierung oder Stellenbeschreibung. Nur die Grundkoordinaten waren klar. Für Knafffi hießen sie einfach: Jesus, Sabine und *Stoffwechsel*, das Projekt.

Es geht richtig los!

Am 1. April 1994 war es dann soweit: Die Arbeit im *Café Stoffwechsel* startete so richtig durch. Knafffi wurde zunächst bei der Elim-Gemeinde angestellt, aber ganz für *Stoffwechsel* freigestellt. Woher das Geld kommen sollte, war am Anfang überhaupt nicht klar. Doch später finanzierte das Jugendamt eine halbe Stelle für ihn, obwohl er sich natürlich mit ganzer Kraft und vollzeitlich einsetzte. So erlebte Knafffi über die Jahre immer wieder die Hilfe Gottes. Parallel zu seiner Arbeit im *Stoff-*

Thurid Fischer in der Küche im stoffi_KIDSTREFF 2004

Eines Tages sagte ihre Mutter zu Thurid: „Lies mal in der Zeitung, das interessiert dich sicher!“ Dort war ein Bericht über Sabine Ball, wie sie für die Kinder der Neustadt kocht. Und dabei die Zeile: „Wer bezahlen kann, tut das, ansonsten ist das Essen auch umsonst.“

Irgendwie war Thurid angesprochen. Da sie zu Hause Landwirtschaft haben, beschloss sie an einem Montag, nach Dresden zu fahren und Beeren aus dem Garten mitzubringen. Als sie in das ehemalige Schnapslokal eintrat, fiel ihr gleich auf, wie dunkel es war. „Hier könnte ich nicht arbeiten, ich brauche Licht!“, das war einer der ersten Gedanken. Doch wieso dachte sie eigentlich überhaupt darüber nach, dass sie hier mithelfen könnte?

Sie erzählt:

„Dann setzte sich Sabine an einen Tisch und begann, während wir uns unterhielten, die Beeren vom Stiel zu zupfen. Das gefiel mir. Es erinnerte mich an die Zeit, als ich noch keine eigene Familie hatte und gemeinsam mit meiner Mutter das

Obst verarbeitete. Als wir wieder nach Hause fuhren, sagte ich zu meinem Mann: ‚Sollte ich mal arbeitslos werden, könnte ich mir gut vorstellen, bei Sabine im Café mitzumachen.'"

Das war irgendwann im Jahr 1993.

Doch zuerst einmal musste Thurid durch eine schwere Zeit gehen: Im März 1994 eine Tumoroperation an der Hirnanhangsdrüse. Gott sei Dank war die Geschwulst gutartig. Doch die Erholungsphase dauerte länger als geplant. Sie sollte stufenweise wieder in den Arbeitsprozess eingegliedert werden, doch schließlich wurde Thurid arbeitslos.

Zuerst einmal musste sie sich auskurieren. Und schließlich kam der Tag, den sie schon bei der allerersten Begegnung vorausgeahnt hatte: Im November 1995 fing sie als Mitarbeiterin im *Stoffwechsel* an, am Anfang ehrenamtlich. Die zwanzig bis dreißig Minuten mit dem Auto schreckten sie nicht ab. Als Kathleen nach Kalifornien zurückkehrte, hatte Knafffi die Verwaltung und Organisation, und Steffen Schirrholz die Küche übernommen. Von ihm übernahm Thurid dann die Küchenarbeit, als auch Steffen in die USA gehen wollte.

Thurid kam gerade zur rechten Zeit, denn Sabine bekam immer mehr Einladungen zu Vorträgen, und konnte so – mit Knafffi und Thurid im Rücken, die die Stellung hielten – immer neu „auf Tour" gehen. Im Mai 1996 bekam Thurid zu ihrer Freude sogar eine ABM-Stelle im *Stoffwechsel*, zunächst für ein Jahr. Und die wurde dann einmal verlängert, bis 1998. Das war für Thurid ein unerwartetes Geschenk. Gott hatte die Türen geöffnet. Und so arbeitete sie jeden Tag im *Stoffwechsel*, vierzig Stunden in der Woche. Zwar ging es primär ums Kochen, doch wer die Arbeit kennt, weiß, dass man da ein „Allroundmensch" – so Thurid – sein muss. Der Secondhand-Bereich im Laden war verwaist. Und obwohl sie immer wieder protestierte und beteuerte: „Das ist nicht meine Gabe!", musste die Arbeit doch gemacht werden. Denn die Kunden mussten bedient werden.

Gott mischt mit

So führte Gott die zusammen, die zusammengehörten. So unterschiedlich sie auch sind: Sabine, Knafffi und Thurid, sie wurden von einer höheren Hand zusammengebracht. Eine der Aussagen von Thurid bleibt mir hängen. Originalton:

„Ich staune heute, was für ein Unternehmen aus den kleinen Anfängen geworden ist."

Und sie ist ein wichtiger Teil dieser Geschichte. Als die ABM-Stelle 1998 endete, machte sie einfach ehrenamtlich weiter, genauso wie vorher vierzig Stunden in der Woche. Und von 2000 bis 2002 konnte sie noch einmal eine ABM-Stelle einnehmen.

Dabei war manches im *Stoffwechsel* für sie neu und gewöhnungsbedürftig. So zum Beispiel das gemeinsame freie Gebet. Thurid kannte nur die Landeskirche in ihrer traditionellen Prägung. Der freie Umgang miteinander, die herzliche Gemeinschaft, das direkte Rechnen mit Gottes Wirken:

„Das war für mich zuerst befremdlich, aber ich habe es sehr schätzen gelernt. Die Gemeinschaft, die ich hier kennen gelernt habe, hat mir geholfen, die Apostelgeschichte neu zu verstehen, zu begreifen, wie Christen miteinander leben sollten."

Für Thurid ist klar:

„Mit *Stoffwechsel* möchte ich nie abschließen, *Stoffwechsel* gehört zu meinem Leben. Das sind meine wirklichen Glaubensgeschwister, es ist wie eine Gemeinde. Hier durfte ich miterleben, wie eine Glaubensgemeinschaft ist."

Zwei starke Frauen

Und wie sieht Thurid Sabine Ball, die vom Alter her ihre Mutter sein könnte? Da ist Thurids Antwort klar:

„An Sabine habe ich ihren Gehorsam Gott gegenüber geschätzt, dass sie immer wieder Gott fragt: ‚Ist das, was wir wollen, das, was du willst?' Und wenn ich überlege, wie alt

Sabine war, als sie sich aufgemacht hat, da kann ich nur den Hut ziehen. Dass sie in dem Alter neu aufgebrochen ist, das ist wirklich erstaunlich. Das wäre alles nicht entstanden, wenn Sabine nicht gehorsam gewesen wäre und vertrauen würde. Ihr Vorbild ist mir eine große Ermutigung."

Thurid und die Jugendlichen

Die Arbeit mit den Kindern und Jugendlichen war für Thurid nicht nur leicht. Manchmal spürte sie eine gewisse Ablehnung gegen sie in sich. Andererseits mochte sie sie doch, egal, wie frech sie waren. Für sie war Sabines Leitlinie hilfreich: „Wir lieben die Kinder, aber was sie tun, das lieben wir nicht." Thurid empfand oft Trauer darüber, dass sie in ihrem Leben nichts anderes kennen gelernt hatten. Sie merkte: Viele konnten mit guten und schönen Dingen nicht umgehen. Da gab es manchmal Enttäuschungen. Wenn ein Kind, das regelmäßig kam, Geburtstag hatte, wollte sie einen richtigen Kindergeburtstag feiern. Sie backte Kuchen und machte alles schön, aber gerade an diesem Tag kam niemand. Inzwischen versteht Thurid, wieso:

„Es war für sie schwierig anzunehmen, dass sich alles um sie drehen sollte. Sie hielten so ungewohnte Nettigkeit nicht aus und liefen davor weg. Ich war oft darüber traurig und hoffte, dass sie das eines Tages annehmen konnten. Wir haben eben versucht, ihnen Mütter zu sein, wo ihre Mütter nicht da waren."

Das war nicht immer einfach:

„Ich habe mir im Herzen vorgenommen, die Mütter oder Väter nicht zu verurteilen, sondern machte mir klar, dass sie selbst wohl schon Defizite hatten. Und außerdem: Wir wollten die Mütter nicht verdrängen oder ersetzen, sondern einfach eine Ergänzung für sie zu Hause sein."

Erfahrungen mit Gottes guter Hand

Thurid sagt im Rückblick:

„Ich habe während der Jahre spüren können, wie Gott seine Hand über uns hält. Es war manchmal schwierig, weil wir das Gefühl hatten, es geht nicht vorwärts. Aber Gott hat uns immer wieder weiter geholfen und uns immer neue Mitarbeiter geschenkt."

Im Augenblick arbeitet Thurid nicht im *Stoffwechsel*, weil sie ihre alte Mutter pflegt. Das hatte sie ihr schon vor langer Zeit versprochen, nicht, weil die es verlangt hätte, sondern aus eigenem Antrieb. Ihre Erfahrung ist:

„Wenn man auf Gott vertraut, kann man oft bloß staunen."

Und so hat sie gelernt, jeden Tag aus seiner Hand zu nehmen.

Warum Thurid sich engagierte

Sie sagt: „Ich möchte nicht, dass sich mein Leben nur um mich, meinen Mann, unseren Hund und unseren Garten dreht. Das ist zwar sehr schön, aber ich möchte mein Leben auch noch mit Menschen teilen, die meine Hilfe brauchen. Das ist für mich Glauben leben: nicht wegschauen, wenn Hilfe benötigt wird. Durch die Mitarbeit ist mein Leben reicher geworden: Ich habe mich in meinem Glauben bestärkt gefühlt, habe gelernt, Konflikte sachlich auszutragen und darüber mit Gott zu reden, ihn zu bitten, mir zu zeigen, wo mein Anteil am Konflikt ist.

Ins *Stoffi* kommen viele Kinder und Jugendliche, die große Defizite aufweisen. Mir ist wichtig, dass jedes Kind, jeder Jugendliche im *Stoffi* spüren darf, hier hat man mich gern, hier fühle ich mich wohl. Ich möchte, dass die Kinder und Jugendlichen nicht nur zu hören bekommen, dass sie von Gott gewollt und geliebt sind, sondern dass sie das auch erleben."

Warum *Stoffwechsel*?

So war in wenigen Monaten im Jahr 1993 Café *Stoffwechsel* entstanden. Es bestand aus einem achtundachtzig Quadratmeter großen Laden mit drei Teilen: dem Café mit einer kleinen Küche, einem Second-Hand-Laden und einem weiteren Zimmer mit Zwischendecke. Dieser Raum war Sabines Büro und Schlafplatz. Der Name *Stoffwechsel*, von einem der Mitarbeiter vorgeschlagen und korrekt immer klein geschrieben, hat mehrere Bedeutungen. So erklärte es mir Knafffi:

„Grundlegend: Ein Schnapsladen wechselt seine Bestimmung – er wird zu einem offenen Treffpunkt. Und dann die drei ‚K': Kaffee, Klamotten, Kostproben:

Erstens – der körperliche Stoffwechsel, angeregt durch Kaffee und Essen. Zweitens – der äußerliche ‚Stoffwechsel' – angeregt durch die Klamotten (Secondhand-Kleidung). Und drittens – der ‚Herz'-liche Stoffwechsel, angeregt durch Kostproben.'

Und so hing im Café auch ein Schild mit dem Text: ‚Jesus ist der beste Stoff.' Stoffwechsel im Herzen, das ist das Programm."

Dabei ist die Namensgeschichte in sich interessant und zeigt die Veränderungen in der Arbeit und die Flexibilität, sich immer wieder neu auf die veränderten Situationen einzustellen.

Ursprünglich hieß der Verein, der das *Café Stoffwechsel* von 1993-97 in der Martin-Luther-Str. 12 betrieb, „Lebenswechsel e.V.". Der Vereinsname änderte sich in *„stoffwechsel e.V."*

Von 1998 bis 2001 war die offizielle Bezeichnung „TREFFPUNKT *stoffwechsel*", und der war in der Martin-Luther-Str. 12.

Danach, von 2002 bis 2003, sprach und schrieb man korrekt „stoffi_TREFF mit KIDSTREFF" und „TEENIETREFF", zu Hause in der Martin-Luther-Str. 29. Im Jahr 2004 gab es noch einmal eine Änderung: Jetzt bestehen die beiden Angebote „stoffi_KIDSTREFF" in der Martin-Luther-Str. 29 und parallel der „stoffi_TEENIETREFF" in der Martin-Luther-Str. 12.

Bei allem Wechsel der Namen bleibt, was Knafffi immer wieder betont: „Jesus ist der beste Stoff!"

Sabine Ball und Ralf Knauthe/Knafffi vor dem Eingang Café Stoffwechsel 1996

Der gedeckte Tisch – Gottes Versorgung erleben

Das „Prinzip Umsonst" war für Sabine Ball von Anfang an wichtig: mit offener Hand zu geben. Und dabei zu erleben, dass Gott ihre Hände füllte. „Gib und es wird dir gegeben!" Dieser Satz hatte sich tief in ihr Herz eingebrannt. Sabine erzählt:

„In den ersten Jahren konnten wir unseren Gästen nur Kaffee, Tee und ab und zu in Öl gebackene Kräpfchen anbieten, da wir selbst noch für einen Herd beteten. Es war ja ein Spendencafé und so verlangten wir keine Preise. Doch sagte mir meine innere Stimme immer wieder, dass wir an jedem Samstag ein großes Frühstücksbüfett aufbauen sollten. Wir nannten dies den „Königstisch". Unkosten dafür waren gut über einhundert Mark. Das taten wir dann auch. Die Gäste kamen, die Bude war voll. Alle Tische waren mit Kerzen und Blumen liebevoll geschmückt. Wir gaben das, was wir hatten, aus Liebe zu Gott. Somit dienten wir den Menschen. Ich kann mich erinnern, dass ich einmal neben dem Königstisch stand und dachte, das kann nicht so weitergehen. Wovon sollen wir unsere Miete bezahlen? Zweifel setzte ein, aber nicht Zweifel an Gott. So sagte mir meine innere Stimme immer wieder: „Gib, und es wird dir gegeben!" Meine Antwort: „Okay, Herr, deine Regeln sind nicht die Regeln der Menschen!" So versuchte ich, Gott gehorsam zu sein.

Kurz danach kam die Dresdner Tafel, die Frau Dr. Edith Franke gegründet hatte. Ich setzte mich mit ihr in Verbindung. Eine angenehme, liebevolle Stimme versprach uns telefonisch, zunächst einmal die Woche Lebensmittel zu liefern, die kurz vor dem Verfallsdatum stehen, oder von Geschäften, die einen Überschuss haben, den sie dann an die Dresdner Tafel abgeben. Als ich dann Edith Franke selbst kennen lernte, fühlte ich mich im Herzen verbunden mit ihr. Eine wirklich außergewöhnliche Frau, die sich genau wie wir für Menschen einsetzt."

Und so erlebten sie Gottes Versorgung. Nicht nur von der *Dresdner Tafel* wurden sie unterstützt. Vom Bäcker gegenüber bekamen (und bekommen) sie um achtzehn Uhr die nicht verkauften Brötchen des Tages. Sabine Ball sagt zu dieser wunderbaren Versorgung:

„Es war nicht möglich zu planen. Aber irgendwie war da auch ein Charme drin, ein Abenteuer. Im Vergleich dazu ist Wohlstand langweilig, denn alles ist sowieso da, es gibt kein Risiko. Aber was wir in all den Jahren erlebt haben, war eine Reihe von Wundern. Wir wurden versorgt und konnten gute, gesunde Mahlzeiten kochen, für Kinder und Erwachsene, für die das mehr war als nur eine Mahlzeit. Café *Stoffwechsel* war für sie ein Stück Zuhause."

Es gab viele solcher großer und kleiner Versorgungswunder. Einmal ging Sabine, die abwechselnd die verschiedenen Gottesdienste besuchte, in die benachbarte Lutherkirche zum Gottesdienst. Hinterher sprach sie ein einfach gekleideter Mann an. Er kam kurz in das kleine Büro im *Stoffwechsel*. Er war an diesem Sonntag extra aus Franken angereist. Der Grund seiner Reise: *Stoffwechsel* zu unterstützen. Er war durch eine Sendung im Fernsehen auf Sabine aufmerksam geworden. Aus einem Bausparvertrag hatte er Geld bekommen und brachte ihr fünfzehntausend Mark. Statt sich ein neues Auto zu kaufen, wollte er *Stoffwechsel* unterstützen. Nach dem Gespräch fuhr er sofort wieder nach Hause.

Eine andere Begebenheit kann Sabine auch im Nachhinein nur als Wunder begreifen. Sie erzählt:

„Ein guter Freund, den ich drei Jahre nicht mehr gesehen hatte, kam mit seiner Frau mich besuchen. Das war noch im alten Café. Sie saßen mir gegenüber auf dem Sofa. Hans, so ist sein Name, ist auch Pastor. Er bat mich: ‚Nun erzähle doch einmal, was sich hier bei euch in den letzten drei Jahren abgespielt hat!' So berichtete ich ihnen von den guten, aber manches Mal auch schwierigen Zeiten. Zum Schluss sagte ich: ‚Hans, ich will nicht anders als im Glauben leben.' In dem Moment ging die Tür, die von der Straße direkt ins Büro führte, auf. Eine mir völlig unbekannte Frau kam herein. Ich wunderte mich, weil man diese Tür eigentlich nur von innen aufmachen kann!"

Das, was dann folgte, spielte sich ganz schnell ab. Die Unbekannte überreichte Sabine einen langen Umschlag und verschwand wieder. Sabine erzählt:

„Ich konnte nur ihr Profil sehen. Ganz erstaunt sahen wir drei uns an. Ich hielt den Umschlag in meiner Hand und öffnete ihn. Es waren drei Tausendmarkscheine drin! Ich glaube, wir alle drei wurden in diesem Augenblick ergriffen von Ehrfurcht vor Gott. Wie ist so etwas zu erklären?

Der Pastor warf nur seine Arme in die Höhe und sagte: ‚Ich kann es kaum erwarten, bis ich das meiner Gemeinde berichte!' Daraufhin lief ich über die Straße zu Knafffi in unser noch provisorisches Büro und erzählte ihm alles."

Für Sabine war dieses Ereignis eine deutliche Aufforderung, weiter in allen Dingen Gott zu vertrauen:

„Gott hat uns ein unübersehbares Zeichen gegeben, dass er die Häuser baut und wir unser Vertrauen auf ihn setzen können!"

Eine andere Begebenheit. *Stoffwechsel* war schon in die sanierten Häuser umgezogen, deren Geschichte später erzählt wird. Eines Tages klingelte es an der Tür. Als Sabine öffnete, stand ein älterer Herr vor der Tür, er sah mit seinem Rucksack wie ein Wanderer aus. Als Sabine ihn ins Wohnzimmer einlud, sagte er nur: „Ich will nicht stören!" So setzten sie sich an den Küchentisch. Sabine hat die Begebenheit noch heute vor Augen, als wäre es gestern gewesen:

„Er sagte mir, dass er nächste Woche ins Krankenhaus geht, aber von dort aus nicht mehr zurückkommt. Daraufhin fragte ich, ob ich ihn besuchen könnte. Doch das wollte er nicht. Er sagte: ‚Das ist nicht wichtig. Ich habe mit meinem Leben abgeschlossen!' Er hatte im Radio einen Vortrag von mir über unsere Arbeit gehört. Daraufhin sagte ich noch einmal, dass wir Christen sind, und im Glauben an Gott leben.

Er hatte schon einen Briefumschlag auf den Tisch gelegt, und sagte, dass er sein Gespartes dem Verein übergeben wollte. Daraufhin fragte ich ihn, ob er selbst an Gott glaubt, und Jesus schon einmal in sein Herz aufgenommen hat. Er sah mich ganz erstaunt an. Und so las ich ihm aus der Bibel vor, das dritte Kapitel des Johannesevangeliums. Danach durfte ich für ihn beten. Er sprach das Gebet nach und öffnete so sein Leben für Gott. Nach dem Gebet stand er am Fenster und hielt sich seinen Bauch und strahlte. Irgendetwas war geschehen, das war klar! Danach umarmten wir uns und er ging friedvoll davon. Ein halbes Jahr lang hörte ich nichts von ihm. Eines Tages stand er wieder vor meiner Türe. Erstaunt, aber freudig sah ich ihn an: ‚Tom, du bist aus dem Krankenhaus!' Daraufhin sagte er strahlend: ‚Ich brauchte dort gar nicht hineinzugehen. Gott hat mich in deiner Küche geheilt!' Selbstverständlich fragte ich, ob ich ihm das Geld – es waren immerhin viertausendsiebenhundert Euro! – zurückzahlen kann. Doch er sagte: ‚Das, was ich hier empfangen habe, kann keiner mit Geld bezahlen.'

Ich bin so dankbar für die Wunder, die Gott tun kann und will, wenn wir ihn beim Wort nehmen!"

Wunder über Wunder

So sorgte Gott durch einzelne Menschen, bekannte und unbekannte, immer wieder dafür, dass *Stoffwechsel* weitergehen konnte. Und immer wieder bekam die Arbeit auch Unterstützung durch offizielle Stellen.

Es ist unmöglich, auch nur annähernd eine vollständige Auflistung aller großen und kleinen Wunder zu geben, die Sabine und das Team vom *Stoffwechsel* im Lauf der Jahre erlebt haben. Stellvertretend für viele andere sind hier nur ein paar solcher Versorgungswunder aufgeführt, alle aus einem einzigen Jahr, nämlich 1996, wie sie im Jahresrückblick aufgeschrieben waren:

Am 14. September wird Sabine Ball als „Engel des Alltags" in der ARD+BILD Gala Show „Ein Herz für Kinder" im Metropoltheater Berlin geehrt. Dabei schenkt die Volkswagen AG einen neuen Passat, den Berti Vogts persönlich auf die Bühne fuhr. Der Wagen wurde später gegen einen Transporter umgetauscht.

Die Firma Raab Karcher spendet Baumaterial im Wert von sechzigtausend Mark. Im Anschluss an die Sendung melden sich viele Firmen und Privatpersonen, die *Stoffwechsel* mit Material- oder Geldspenden oder Arbeitsleistungen unterstützen wollen, alles im Gesamtwert von rund zweihundertfünfzigtausend Mark.

Ingrid Biedenkopf schickt einen Brief mit einem Gruß und einem Scheck über fünftausend Mark, den sie zur freien Verfügung von Schaumaplast Sachsen GmbH erhalten hat.

Der Verein „Kinder für Kinder e.V" schickt zehntausend Mark aufgrund eines Artikels über *Stoffwechsel* im Hamburger Abendblatt.

Soroptimist Hilfsfonds e.V. spendet zweitausend Mark.

Die Mineralölfirma Aral kündigt an, dass *Stoffwechsel* ab Februar 1997 umsonst Diesel tanken kann.

Die Feldschlößchen AG überreicht einen Scheck über zweitausend Mark und dreißig Nikolausbeutel für die Kids.

Es kommt eine große Weihnachtsspende von fünftausendundvierzehn Mark fünfzig von einem Basar der Evangelischen Kirchengemeinde Bad Orb.

Der Polizeichor Dresden gibt ein Konzert in der Martin-Luther-Kirche und sammelt Spenden für *Stoffwechsel*.

Die Offensive Junger Christen in Reichelsheim unterstützt *Stoffwechsel* praktisch sowie durch rechtliche Beratung und nimmt das Projekt in ihre Weihnachtsspendenaktion auf.

Während des ganzen Jahres versorgt die Dresdner Tafel e.V. *Stoffwechsel* mit Lebensmitteln.

Jeden Abend schickt die Bäckerei Scholz von gegenüber die übrig gebliebenen Brötchen, Brot und Kuchen.

Viele helfen mit

Und so könnten noch viele weitere große und kleine Wunder und Hilfen von hilfsbereiten Menschen erwähnt werden, wie die des Rentners aus Nossen, der einen Zehn-Liter-Eimer Erdbeeren aus eigener Ernte brachte, unterwegs mit der S-Bahn, den Eimer im Rucksack, dazu noch eine Spende von hundertfünfzig Mark. Die Erdbeeren hatten seine Frau und er extra für *Stoffwechsel* angepflanzt.

Es wurden Pflastersteine für den Hof geschenkt. Jedes Jahr backt eine Frau aus der Elim-Gemeinde Plätzchen, und seit einigen Jahren auch noch zwei Frauen aus Radebeul. Bei besonderen Festen werden in verschiedenen Gemeinden mehrere Kuchen gebacken und vorbeigebracht. Besonders bewegend ist, dass ein behindertes Mädchen immer zu Weihnachten vorbeikommt und selbst gestrickte Socken abliefert. Ein arbeitsloser

Einweihung Wohnprojekt Martin-Luther-Str. 29
Sabine Ball, Maik Galle, Ingrid Biedenkopf 8. Nov. 1999

Fensterputzer putzt alle Fenster kostenlos. Der Seniorenkreis der Friedenskirche in Norden-Norddeich veranstaltet Basare mit selbst gebastelten Dingen, eigens für *Stoffwechsel.* Eine Dame, die eine Pension betreibt, legt an der Rezeption Prospekte über *Stoffwechsel* aus und verkauft selbst gebastelte Karten, um das Geld für die Arbeit zu spenden. Die Großmutter eines ehemaligen Zivildienstleistenden strickt Babysachen als Unterstützung. Und nicht zuletzt kommen immer wieder überraschende Lebensmittelspenden. So bringt jemand schon einmal ein halbes Schaf oder, wie neulich, ein halbes Kalb, das dann in der Martin-Luther-Str. 29 zerlegt wurde und seitdem manche Mahlzeit bereichert.

Auch die Begegnung mit der damaligen „Landesmutter" Ingrid Biedenkopf ist für Sabine so eine Bereicherung. In einem

Buch zum siebzigsten Geburtstag von Ingrid Biedenkopf schrieb sie über den Anfang des regelmäßigen Kontaktes:

„Es war an einem warmen Frühjahrsnachmittag im Jahre 1998. Ich kam gerade von einem Treffen und hatte wie üblich keine Zeit. Da kam ein Anruf meiner Freundin: ‚Ich fahre dich gleich nach Moritzburg, da spricht Frau Biedenkopf vor einer Versammlung im Schloss. Ihr solltet euch endlich kennen lernen, nachdem sie den *Stoffwechsel* schon länger unterstützt.'

‚Natürlich', sagte ich, ‚aber wir kommen doch viel zu spät.'

‚Macht nichts', bekam ich zur Antwort, ‚Wir werden uns unauffällig in den Saal hineinschleichen.'

Das wurde dann aber doch etwas anders. Im Schloss Moritzburg angekommen, gingen wir auf Zehenspitzen durch ein Nebenzimmer. Dort wurden wir vom Sprechertisch her von der Begleiterin von Frau Biedenkopf entdeckt. Plötzlich erwähnte Frau Biedenkopf meinen Namen, und sagte, wie sehr sie sich freue, dass wir uns nach etlicher Zeit nun kennen lernen durften. Dann stand sie auf und kam auf mich zu, umarmte mich, danach hatten wir beide Tränen in den Augen. Das war das erste Mal, dass ich diese Liebe und Wärme spürte, die von dieser Frau ausging. Eine echte Landesmutter, dachte ich, eine Frau, die sich um die Not der Jugendlichen kümmert, die aktiv ist und sich dafür einsetzt. Und ich wusste, dass uns das von diesem Tage an verbunden hat, unsere Herzen trafen sich. Sie sprach ermutigende Worte für unsere Aufgabe im *Stoffwechsel.* Innerlich spürte ich eine Freude und Dankbarkeit. Die Landesmutter steht uns zur Seite, sie sagt ja zu unserer Aufgabe, welch ein Ansporn! Fast wollte sie mir ihren großen bunten Blumenstrauß, den sie von der Veranstaltung erhalten hatte überreichen, doch besann sie sich dann, und versprach mir einen Frühjahrsstrauß aus ihrem Garten zu schicken, der dann auch am nächsten Tag eintraf. Ein ganz persönlicher Gruß von dieser Frau, die ich schätzen und lieben gelernt habe in all diesen Jahren.

Mit absoluter Bestimmtheit kann ich sagen: Ohne die Unterstützung von Frau Biedenkopf wären wir in den verschiedenen

Dienstzweigen unseres Vereins nicht an dem Punkt, wo wir uns heute befinden. Egal, ob es sich um Weihnachtspakete mit Spielen und Süßigkeiten für die Kinder und Jugendlichen im Treffpunkt handelte, Verbindungen zu sozial engagierten Personen und Vereinen, Beschaffungen von Baumaterialien für den Ausbau unserer Wohnprojekte, bis zu gebrauchten Möbeln etc. Durch die Begleitung von Frau Biedenkopf sind wir, meine Mitarbeiter und ich, immer wieder ermutigt worden. Dafür sind wir ihr von Herzen dankbar."

3 Die Kids und die Erwachsenen

und was sie im Stoffwechsel erlebten

Die Geschichte von Café *Stoffwechsel* ist vor allem eine Geschichte von Menschen. Von Menschen, denen Sabine Ball und ihre Mitarbeiter diese Liebe erfahrbar machen wollten und die darauf reagiert haben. Eine davon ist Christina. Die Mutter von Zwillingen war mit ihrem Mann Mitglied der Motorradfahrerclique „Wild Devils" (Name geändert).

Christina: Gott ist der mit dem rosa Kissen

Ich sitze vor einer vor Leben sprühenden Dame, Christina. Sie erzählt mir mitreißend aus ihrem Leben, das ganz und gar nicht in bürgerlichen Bahnen verlief. Christina stammt aus Diez an der Lahn. Und kam gemeinsam mit ihrem Mann Oliver 1990 nach Dresden. Er war Elektriker und wollte in Dresden Satellitenanlagen installieren. Ihre Zwillinge Marc und Mario waren damals ein Jahr alt.

Nach drei Jahren, 1993, stellte ein Ereignis Christinas Leben völlig auf den Kopf: Ihr Mann Oliver wurde in einer Auseinandersetzung von Motorradgruppen erschossen. Christina fühlte sich hier in Dresden „ganz allein in der weiten Welt". In dieser Situation lernte sie Sabine kennen, und zwar über Holm Kehler, der wie Christina und ihr Mann auch Motorrad fuhr.

Sabine ging zur Beerdigung. Dabei lud sie Christina ein: „Wenn du jemanden brauchst, mit dem du reden willst, kannst du kommen."

Gott – Das Phantom der Oper?

Irgendjemand brachte sie dann einmal mit zum Café *Stoffwechsel*. Allein wäre Christina nicht gekommen, da sie dachte, dass Christen gar nicht ihre Wellenlänge hätten. Doch was sie dort erlebte, machte sie sprachlos:

„Alle hatten super Laune, es war eine alles umfassende Wärme, wie ein Mantel von Gütigkeit. Ich dachte am Ende, da musst du schnell wieder gehen, das war so anders als das, was in mir und um mich war."

Christina hatte keinen Bezug zum christlichen Glauben:

„Für mich war Gott das Phantom der Oper! Nur das Problem war: Ich ging nicht in die Oper."

Christina lebte nach dem plötzlichen Tod ihres Mannes ohne Pläne und Ziele und entschied aus dem Augenblick heraus, was sie tun und was sie lassen wollte:

„Wir haben mit vielen Leuten Häuser besetzt, dann sind alle anderen mit umgezogen. Ich war nie allein, aber nur mit Menschen zusammen, die so waren wie ich."

Christina genoss die Freiheit eines nicht bürgerlichen Lebens. Und dennoch hat sie heute einen anderen Blick auf diese Zeit:

„Ich war festgefahren in meinem eigenen Wesen. Es ging mir subjektiv nicht schlecht, es passte, es war okay so. Wenn ich nicht genug im Kühlschrank hatte, ging ich eben zur Suppenküche. Ich bin acht Jahre ohne Führerschein gefahren, habe das gemacht, was mir gerade am Besten schien."

Und doch: Langsam änderte sich etwas in ihr, besonders durch die Gespräche mit Sabine Ball:

„Sabine schaffte es immer, einem das Fundament zu bieten: ‚Klar gibt es Gott: Sieh es doch mal so!' Und irgendwann habe ich angefangen zu beten und gedacht: Wenn es Gott nicht gäbe, hättest du den Weg nicht zurückgefunden Richtung Licht. Ich habe mich nicht geändert, weil ich es direkt wollte, sondern durch die vielen Leute, die ich im *Stoffwechsel* kennen lernte, und ihre Art zu leben."

Ein „Mantel von Gütigkeit“

Besonders die Einstellung von Sabine war eine Herausforderung für Christina: Als Sabine bestohlen wurde, sagte sie einfach: „Auch das hat Gott zugelassen, obwohl es nicht sein Wille war!“ Das war für Christina völlig unverständlich. Im *Stoffwechsel* gab es immer warmes Essen, und zwar für jeden umsonst. Auch das war ungewöhnlich für sie. So ging Christina nach der ersten Begegnung eine Weile nicht mehr hin, denn alles war für sie „so anders“.

Zaghafte Schritte Richtung Gott

Doch dann wurde der Kontakt zu Sabine intensiver. Christina erzählt:

„Ich war einmal zu Tode betrübt, da nahm Sabine mich in den Arm. Das war nur eine von tausend kleinen Begegnungen. Und so konnte ich dieses offene Fenster langsam entdecken. Ich fing an, in der Bibel zu lesen und mir mein eigenes Bild von Gott zu machen.“

Die Gebote, die Sabine immer wieder ins Gespräch brachte, gefielen Christina gar nicht. Besonders das Gebot: „Du sollst nicht stehlen.“

„Ich dachte damals: Wenn der früher Aldi gekannt hätte, hätte der auch gestohlen! Aber komisch, irgendwie war doch – trotz Stehlen und Drogen – Gottes Hand über mir.“

Christinas Lebensstil war immer noch nicht das, was man bürgerlich nennen würde:

„Ich habe die Leute, die mit mir wohnten, auch an mich gebunden. In der Neustadt nahm ich Drogen, Monate lang. Doch Gott hat mich davor bewahrt, auf Heroin hängen zu bleiben, hat dafür gesorgt, dass ich aufstehen konnte für meine Kinder. Doch die Richtung meines Lebens war negativ.“

Sabine besuchte die besetzten Häuser, in denen Christina und ihre Leute wohnten. Sie hatte für alle ein offenes Ohr, obwohl einige vor ihr gewarnt und sich gewappnet hatten: „Passt auf, das ist die Christin, die belabert einen, dann wird man am Ende noch zwangsverchristelt!" Aber Sabine war immer anders als die Vorstellungen, die sich die Leute von ihr machten.

„Wir dachten dennoch drüber nach, was sie sagte. Wir dachten, wir wären das Novum. Doch den neuen Gedankenanstoß hatte immer Sabine parat, zum Beispiel: ‚Wenn du den Weg des Herrn gehst, dann wird er dich segnen'."

Zum Gebet eingeschlichen

Christina wurde dann auch selbst aktiv in Sachen Gott. Mit Gottesdiensten in der Kirche konnte sie nicht viel anfangen. Doch im *Stoffwechsel* war das anders.

„Manchmal schlich ich mich zum Mitarbeitergebet. Ich kam nicht offiziell, sondern fragte leise: Kannst du mich mal reinlassen?"

Doch da stand sie vor einem weiteren Problem:

„Es war wie ein Vorhängeschloss vor dem Mund, ich habe mich nicht getraut zu beten. Warum sollte der mir zuhören? Und was habe ich zu melden? Aber plötzlich habe ich mit Beten angefangen. Gott hat einfach zugehört.

Über diesen Weg des Herantastens, durch Lesen in der Bibel und das Beten mit meinen eigenen Worten, da bin ich gewachsen."

Christina fasst diese Erfahrung mit Gebet in ihrer bildhaften Sprache zusammen:

„Das Hörgerät von Gott muss wohl im *Stoffwechsel* unterm Tisch hängen!"

Stoffwechsel statt Aldi

Langsam entwickelte sich bei Christina eine innere Wendezeit. Sie kam mit den Kindern zu Sabine zum Mittagessen, anstatt bei Aldi zu klauen. Ihr wurde klar: Ich muss ja nicht klauen.

Nach all den wilden Jahren war Christina ziemlich gewieft: So bekam sie nie einen Strafzettel, da sie einfach die Nummernschilder vom Auto abtrennte. Einmal fand sie einen verlorenen Führerschein, der dann leicht zu fälschen war. Hin und wieder chauffierte sie sogar Sabine irgendwohin, die nicht wusste, dass Christina keinen Führerschein hatte.

Im Rückblick sagt Christina:

„Ich war immer aalglatt, aber ich habe herausgefunden, dass selbst ich ein schlechtes Gewissen haben kann."

Sabine Ball hatte Anteil daran, dass sich dieses Gewissen entwickelte:

„Ich hatte ein Fahrrad gemopst und hatte es Sabine erzählt, ein richtig teures Fahrrad. Sabine sagte da zu mir: ‚Sicher gibt es jemanden, der es vermisst!' Sabine sprach für den, dem es gehört hatte. Kurz darauf fragte sie mich: ‚Warum hast du es noch nicht zur Polizei gebracht?' Sie sagte das so ruhig und klar, dass ich fünf Tage lang drüber nachdachte. Und am Ende habe ich es dann zur Polizei geschafft."

Für Christina war das eine ungeheure Wandlung. Mit dem Polizisten besprach sie, dass sie das Fahrrad bekommt, wenn sich keiner meldet. Direkt danach ging sie zu Sabine. Sie wollte einfach hören: „Das ist gut, was du gemacht hast!" Christina hatte nach dem Beten zum ersten Mal das Gefühl, dazuzugehören, nicht zu der Seite, die sich durchs Leben durchmogelt, sondern zu denen, die einen geraden Weg gehen.

Sabine begann irgendwann, alle Frauen samstags früh an einen Tisch zu bringen. Hier begegnete Christina anderen Frauen, denen es ähnlich ging wie ihr selbst. Eine von ihnen hatte, genau wie sie, auch Zwillinge. Und viele waren neu ins Fragen gekommen in Richtung Glauben. Ein paar, wie Hanna, waren schon Christinnen, und das ermutigte Christina:

„Weil die an allem gewachsen ist. Sie sah alles so, dass Gott ihr das zum Wachsen gegeben hat, auch die Schwierigkeiten. Am Anfang dachte ich: Um Gottes Willen, die ist irre!"

Die Sache mit dem Fahrrad nahm übrigens ein unerwartetes

Ende. Christina konnte es haben, weil niemand nach dem Fahrrad fragte. Und Sabine konnte ihr dann sagen: „Siehst du, Gott beschenkt dich, wenn du den richtigen Weg gehst."

Zwei Monate nicht klauen?

Christina war davon mächtig beeindruckt. Doch sie wollte wissen:

„Kann ich das wieder erleben? Wahrscheinlich muss ich Gott etwas bieten, das kolossal ist."

Und so beschloss sie, zwei Monate lang nichts zu klauen. Aus den zwei Monaten wurde ein halbes Jahr. Christina ging zum ersten Mal in ihrem Leben zum Sozialamt. Sie bekam sechshundert Mark und sollte sich anmelden. Sie meldete sich obdachlos und empfand sich mit ihren sechshundert Mark „tierisch reich." Daraufhin ging sie richtig groß einkaufen für die zweiundzwanzig Menschen, die mit ihr ein altes Haus bewohnten. Sie erzählt:

„Da gab es das erste Mal richtig fett zu essen. Und dann ging ich siegessicher zur Sabine: Fahrrad wieder da, Geld vom Staat. Vielleicht ist das die Lösung!, hoffte ich. Und so habe ich langsam den Weg zu dem gefunden, was man normales Leben nennt."

Nach dem Leben von der Sozialhilfe suchte und fand Christina dann auch Arbeit. In dieser Zeit kam sie immer neu ins Überlegen:

„Ich fragte mich: Kannst du dich eigentlich ändern? Etwas anders machen ist eine der schwersten Übungen, die es gibt. Ändern ist immer furchtbar. Die Kontinuität, die das *Stoffwechsel* für mich bedeutete, half mir dabei. Es war höchste Zeit, dass ich mich veränderte, dass ich lernte, einfach für mich selbst zu entscheiden. Sich weiter zu bewegen, das war wichtig."

„Eine Riesenaktie an meinem Glauben“

Im Rückblick beschreibt Christina ihr Leben als lange Zeit extrem:

„Ich hatte alles mit großer Kelle, war mal Junkie, mal Kiffer, konnte immer mitreden, weil ich immer die Krönung von allem erlebt hatte. In jeder Hinsicht. Und für meinen Weg zu Gott, zu meinem Glauben, daran hat Sabine eine Riesenaktie.“

Auch heute hält Christina den Kontakt mit Sabine. 1995 lernte sie Rainer kennen, der wie sie auch Zwillinge hat und gerade geschieden worden war. Mit ihm lebt sie glücklich zusammen. Und doch ist Oliver nicht vergessen:

„Oliver war ein Phänomen. Er konnte für seine Einstellung Kopf und Kragen riskieren, hätte seine Meinung mit der Atombombe verteidigt. Dass er erschossen wurde, war eine Verkettung von Umständen, die so lapidar waren im Nachhinein – verrückt, wie schnell eine ganze Zukunft weg ist.“

Kann man wirklich vergeben?

Im Nachdenken darüber versteht Christina nicht, wie es sein kann, dass der Mörder ihres Mannes vor Gericht so glimpflich weggekommen ist:

„Er hat so wenig Strafe dafür gekriegt. Ich frage mich nach Gerechtigkeit. Wie kann der das Leben seines Nächsten nehmen?“

Und so kennt sie solche Gedanken wie den, ob es nicht gut wäre, ihre Kinder der Oma in Obhut zu geben und dann dem Mann „auch eine Kugel zu verpassen“.

Und noch etwas konnte Christina lange nicht verstehen: dass Sabine Ball Leute im Gefängnis besucht:

„Sie wollte Leuten helfen, die das Leben anderer beschädigt haben. Unfassbar für mich.“

Trotz allem: Ja zu Gott

Und doch machte Christina immer wieder Erfahrungen mit Gott. Sie merkte: Je mehr man fragt, desto näher kommt man Gott. Sie hatte Fragen wie: „Wie kann man sich auf jemanden verlassen, den man gar nicht kennt?“ Oder: „Gilt die Sache mit Gott denn für alle?“

Ihr Fazit ist klar:

„Über diese tausend Fragen habe ich mir irgendwann mal gesagt: Wenn Millionen Menschen davon ausgehen, dass Gott das Monopol des Menschen darstellt, dann muss daran was dran sein. Wenn du eigentlich geklaute Fahrräder wiederkriegst, wenn du nicht stehlen musst, dann ist doch was dran.“

Und so kann sie auch den Tod ihres Mannes ein Stück weit verarbeiten.

„Ich steh auf der grünen Wiese“

Heute sieht Christina ihr Leben positiv. Nach einem Bewerbungsgespräch bei VW, zu dem sie erst von anderen überzeugt werden musste, erhielt sie ein Schreiben mit den für sie schier unglaublichen Worten: „Wir stellen Sie ein!“ Und so kam ihr Leben nach und nach in neue, glücklichere Bahnen:

„Ich komme mir vor, als stünde ich auf einer grünen Wiese und über mir wäre ein Engel, der mich überschüttet. Von einem gewissen Augenblick an lief mein Leben so gut, so glücklich ab. Und ich merke: Es gibt Werte in meinem Leben. Eigentlich habe ich ganz schön lange tierisch auf der Leitung gestanden. Die Kinder sind super Schüler, beide coole Kerlchen. Ich sage mir: Die größten Sterne, die du gefunden hast, sind die Kinder. Sie sind friedfertig und haben einen Rahmen, Grenzen, die für sie selbstverständlich sind. Sie haben eine Selbstverständlichkeit, die ich lernen musste. Und auch der Rainer ist für mich so ein Stern. Und so sehe ich mich: Ich stehe auf der grünen Aue – und fang die Sterne. Und ich frage mich: Was habe ich gemacht, dass ich das verdient habe? Inzwischen kriege ich eine Rente aufgrund des Todesfalls, und nach zehn Jahren gab es eine Nachzahlung. Das war Mordskohle!"

Christina staunt:

„Ich kriege von Gott – von Christus – immer Segen!"

Gott führt und bewahrt

Und so hat Christina viel Grund, dankbar zu sein. Sie setzt sich jetzt auch für andere ein, arbeitet mit bei der Übernachtungsbetreuung im Niklas-Hof für Obdachlose. Im Augenblick macht sie eine Fortbildung für Homepage-Erstellung. Immer wieder hat Christina Gottes Eingreifen erfahren, manchmal ganz deutlich, heute so wie in den frühen, wilden Jahren:

„Ich lag einmal breit im Bett. Wir hatten kein Wasser, keinen Strom, haben die Hauptstromzufuhr angezapft ... es brannte, und ich war besoffen im Bett. Wenn zwei Leute mich nicht gefunden hätten, wären meine Kinder vielleicht verbrannt. Damals war Gott auch schon da. Gott ist der mit dem rosa Kissen, und das ist so groß, dass selbst ich darauf Platz finde, und auch alle anderen."

Bärbel: Gott hat meine Hände geheilt!

Eine andere Frau, die durch die Begegnung mit Sabine Ball verändert wurde, ist Bärbel Kohlmann, eine ehrliche, direkte Frau, die sich nicht die Butter vom Brot nehmen lässt. Als ihre Zwillinge Stefanie und Andrea durch ihre Freundin Nasira zum ersten Mal zum *Stoffwechsel* mitgenommen wurden, erzählten sie ihrer Mutter sofort von der „alten Frau", die sie kennen gelernt hatten, und die „immer vom lieben Gott redet". Sie erzählten begeistert, dass es da Mittag- und Abendessen gab. So beschloss Bärbel, selbst einmal hinzugehen und diese Frau kennen zu lernen.

Als Bärbel dann einige Zeit später ihre Scheidung erlebte, war Sabine ein wichtiger Anlaufpunkt für sie. Auch schon vorher, wenn es Krach in der Ehe gab, wenn ihr Mann wieder einmal gewalttätig wurde, rief Bärbel bei ihr an und kam zum Reden vorbei. Sabine machte ihr Mut, immer neu zu verzeihen und ihren Hass abzulegen. Die Gespräche taten ihr gut. Was Bärbel besonders beeindruckte, war aber noch etwas anderes. Sie hatte Probleme mit ihren Händen, die oft aufgeplatzt waren und deren offene Wunden schmerzten. Sabine nahm dann ihre Hände und betete für sie:

„Ich hatte so oft blutige offene Hände, und da bin ich einmal oder zweimal die Woche hin. Da haben wir zusammen gebetet und Sabine hat meine Hände gehalten. Und seitdem ist das weggegangen, nicht von heute auf morgen. Die hat wie ... eine Energie in meinen Körper rübergesprüht, dass das ruhig geworden ist. Es ist wirklich weggegangen. Jetzt ist Ruhe in meinem Körper! Meine Hände waren richtig fleischig, so dass es geblutet hat, das ist ganz abgeheilt! Und die Füße genauso! Da hat Gott wirklich ein Wunder gemacht. Ich weiß nicht warum, ich hätte es alleine nie wegbekommen, ich war zur UV-Strahlung in der Akademie. Meine Füße waren so offen, dass ich gar nicht mehr in die Schuhe kam. Wir haben zusammen gebetet. Dabei habe ich doch früher nie an den lieben Gott geglaubt. Ich habe noch nicht einmal gedacht, dass es so einen gibt. Ich bin auch nicht so erzogen wurden, wir waren keine Kirchgänger. Das Thema gab es gar nicht für mich.

Es gab für mich immer wieder Rückschläge im Leben, wo es einfach nicht weiterging. Aber es geht weiter, du musst den Glauben haben. Ich glaube jetzt, und ich habe meine Gebete im Stillen. Wenn ich dann abends hier liege, dann rede ich nicht laut, sondern denke und lasse mein Leben Revue passieren. Auch wenn ich krank bin. Es gibt immer einen Auftrieb für mich. Seitdem ich Sabine kennen gelernt habe, ist das so. Seitdem ich Gott kennen gelernt habe."

Für Bärbel ist die Sache mit Gott jetzt klar:

„Gott ist da für mich. Ich bin ein ganz anderer Mensch geworden. Gott ist etwas, was ich vorher nicht kannte. Wir waren eine rote Familie, politisch richtig rot, da gab es gar kein Christentum. Meine Eltern zwar nicht, aber meine Großeltern waren ganz groß in der Partei. Meine ganze restliche Familie, vom Staatsanwalt, Parteisekretär, Olympiasieger, waren alles Erzkommunisten. Bei uns zu DDR-Zeiten war Kirche verpönt. Ich bin aber schon als Kind zu Heiligabend gerne in die Kirche gegangen, aber heimlich. Wir durften, wenn der Tisch gedeckt und die Geschenke versteckt wurden, dann noch in die Christmette gehen. Gerne bin ich in die Kirche gegangen. Ich bin gar nicht getauft, bin aber immer in die Christenlehre gegangen. Da hat man vom Pfarrer immer solche Bildchen bekommen. Ich durfte dabei sein. Ich habe schon immer Gemeinschaft gesucht.

Ich bin zwar nicht getauft, aber ich habe mich zu Gott bekannt. Ich sehe den auch manchmal vor mir. Und auch meine Schlechtigkeiten, aber die hat er mir schon lange vergeben. Und das ist das Gute, er nimmt dich an, so wie du bist. Er macht keinen Unterschied, ob du arm bist oder reich. Und verhungern kannst du nicht. Wenn du einen gewissen Glauben hast, geht es alles weiter irgendwie.

Ich habe Geld gehabt früher. Wir kommen aus einer reichen Familie. Ich bin von Reichtum in die Armut gekommen. Es war zwar schwer, aber es ging weiter. Und ich muss keine echten Möbel hier drin haben oder alle nagelneu haben, auch gebraucht ist schön. Es muss doch nicht viel Geld kosten. Ich muss auch kein teures Auto fahren. Denn ich komm von A nach B mit meiner Möhre, die ich schon vierzehn Jahre habe. Das reicht mir. Geld alleine macht nicht glücklich. Das habe ich ja selber gemerkt in meiner Ehe. Ich habe mir eingebildet, ich habe eine heile Familie, ich wollte sie halten, aber gar nichts war die, die war gar nichts wert. Wert waren nur die Kinder was! Der liebe Gott hat mir zwei hübsche Kinder geschenkt."

Durch Gebet und Gespräch mit Sabine hat Bärbel einen neuen Weg und einen neuen Blick gefunden.

Mehr wert als Millionen

Welche Kids kamen und kommen eigentlich ins *Stoffwechsel*? Es ist unmöglich, alle auch nur beim Namen zu nennen. Es waren Hunderte, vielleicht noch mehr. Jedes und jeder einzelne wurde auf besondere Weise berührt – von Sabine, von den Mitarbeitern, von der Atmosphäre, und nicht zuletzt von Gott. Die Geschichten, die folgen, geben einen Einblick in das, was diese Kinder und Jugendlichen erlebt haben. Sie sind nicht mehr als Momentaufnahmen, Schlaglichter, die deutlich machen, worum es bei *Stoffwechsel* geht und warum es so wichtig ist. Denn schließlich ist jedes einzelne Menschenleben mehr wert als Millionen Mark, Euro oder Dollar.

Uli: „Ich komme aus einem atheistischen Elternhaus“

Uli war einer der ersten Stammgäste im Café *Stoffwechsel*. Der erste Kontakt entstand „per Zufall“. Als Jugendlicher ging er während der langen Hofpausen in seiner Schule irgendwann auch am *Stoffwechsel* vorbei. Er erzählt:

„Den angebotenen Kaffee nahmen wir gern, die Secondhand-Klamotten weckten unser Interesse. Wir stöberten öfter durch die langen Reihen mit teils sehr individualistischen Sachen und erstanden das eine oder andere. Irgendwann kamen wir ins Gespräch. Und irgendwann entstand der erste Disput. So ging es los.“

Damals war Glaube an Gott noch nichts für Uli. Und dennoch war er beeindruckt von dem Geist, der unter den Mitarbeitern herrschte.

„Ich sah bei ihnen Liebe, Aufopferungsbereitschaft und ein schier unerschöpfliches Gottvertrauen. Die Art, in der die Arbeit der *Stoffis* gemacht wird, nötigt mir viel Respekt ab. Ich habe selten Menschen erlebt, die selbst so wenig brauchen und anderen so viel geben – und sei es nur durchs Zuhören, Verstehen und Trösten.

Mich beeindruckt zu erleben, wie man mit Liebe in dieser Welt doch noch so viel erreichen kann. Das macht Mut! Schön ist auch, zu sehen, wie viel Kraft die Stoffis durch die Liebe, die sie geben, wieder zurückbekommen. Sabines Gesichtsausdruck ist ein weiterer Punkt: Sie strahlt immer Güte und Gottvertrauen aus. In ihrer Gegenwart fühlt man sich automatisch wohl, schlechte Laune oder Traurigkeit haben wenig Chancen. Man kann einfach mal loslassen und eine Tasse Tee genießen. Die Gespräche mit ihr geben viel Kraft.

Sabine war für mich ein Anstoß, mich mit dem Glauben eingehender zu beschäftigen. Ich komme aus einem atheistischen Elternhaus, in dem Religion keine Rolle spielte. Ich habe damals viel gelesen und mich auch mit dem Glauben auseinander gesetzt, den ich eigentlich als ‚Rationalist' immer abgelehnt hatte. Als ich ins Studium gegangen bin – noch bevor ich getauft wurde – sagte mir einmal ein Theologiestudent, ich sei ein ‚Sucher'. Das hat bestimmt in dieser Zeit in Dresden begonnen. Ich wäre bestimmt auch anders erwachsen geworden, aber so habe ich den Fokus auf die kleinen Dinge behalten, kann mich an Gottes Schöpfung freuen. Natur als Ausdruck der Schöpfung ist heute für mich immer wieder eine Möglichkeit, mich auf Gott zurückzubesinnen."

1997 erlebte Sabine eine große Freude: Uli, der inzwischen in Marburg studierte, besuchte sie und erzählte, dass er sich für ein Leben als Christ entschieden hatte. Heute lebt und arbeitet er in Berlin.

Heiko: Ich habe mit meinen Geschwistern auf der Straße gelebt

Heiko, 1982 in Dresden geboren, lebte schon 1994, mit zwölf Jahren mit seinen Geschwistern auf der Straße:

„Wir übernachteten in einer selbst gebauten Bude auf einem alten Industriegelände. Das war ein kleines Räumchen. Wir waren zu dritt, meine Freundin Micha, mein Bruder Stefan und ich, und dazu noch ein paar Freunde. Strom und Wasser gab es in der Nähe. Eines Morgens hatten wir Hunger und wollten Läden ausplündern. Da kam eine Bekannte, die Manuela, und meinte, sie kenne ein Café, wo es Essen für umsonst gäbe. Wir alle sagten: Das kann nicht sein! Doch wir gingen hin, standen draußen und sahen durchs Fenster. Drinnen sahen wir Leute, die quatschten. Sabine kam raus und fragte: ‚Wollt ihr nicht reinkommen?' Zuerst sagten wir: ‚Nee, nee, nee!' Doch nach zehn Minuten haben wir uns überwunden und reingesetzt. Wir erzählten, dass wir auf der Straße leben. Sabine machte uns Brötchen mit Wurst und Käse, so fing der Kontakt an. Wir gingen dann fast täglich hin. Wir lernten Knafffi kennen, waren Stammkunden, wir waren einfach da und haben nichts bezahlt. Das Positive: Es gab Kontakte, wir konnten Schach spielen, wir Jungs haben auch Jugendliche mitgerissen, auch Punks. Es war ein wunderbares Klima, man fühlte sich sauwohl darin, das hat über Jahre angehalten."

So kam Heiko zur Stoffi-Familie. Es war nicht leicht für Heiko, eine Schulausbildung zu bekommen, die Verhältnisse in seinem alten Zuhause waren dafür eher hinderlich. Aber jetzt ist er in einer Ausbildung zum Metallbearbeiter und macht eine „richtige" Lehre. Heiko:

„Das ziehe ich durch, ich lass mich nicht behindern, ich mache die Lehre zu Ende."

Der Kontakt zu Sabine, zu Knafffi und den anderen im *Stoffwechsel* hat Heiko geprägt. Trotz vielem Auf und Ab – er kam zwischendurch ins Gefängnis und nahm eine Zeit lang Drogen – hat er jetzt doch eine neue Einstellung gewonnen. Er erzählt:

„Die Leute vom *Stoffwechsel* versuchen, positiv auf einen einzuwirken. Als ich in der Haft war, kamen Sabine und Knafffi mich besuchen. Ich merkte irgendwann: Den ganzen Tag bis zwölf Uhr im Bett liegen, das ist kein Sinn und gibt keine Erfüllung."

Für Heiko waren die gemeinsamen Fahrten Höhepunkte:

„1998 fuhren wir nach Siloah in Thüringen. Wir waren neun Leute, haben im Tipi gepennt und waren ein ganzes Wochenende dort, machten eine Nachtwanderung und hatten viel Spaß, das war super. Als wir dort waren, haben wir Laub gerecht und einen kleinen süßen Igel gefunden. Das war toll."

Auch die gemeinsamen Ausflüge ins Bad zum Schwimmen und zum Sport waren wichtig für Heiko. Was sich bei Heiko verändert hat, will ich wissen.

„Ich habe mir Ehrlichkeit angewöhnt und versuche, die zehn Gebote zu befolgen. Wichtig war, dass ich immer zu Sabine kommen konnte. Die hat mich ernst genommen. Natürlich hat sie mich auch mal kritisiert. Im *Stoffwechsel* habe ich so viel gelernt, hatte soziale Kontakte, auch zu Mädchen, ich merkte: Ich muss die nicht immer anbaggern."

Negativ war für ihn, dass er, als er im Januar 2000 aus der Haft kam und noch „clean" war, durch seine Freunde, die stark in die Drogenszene gerutscht waren, auch mitgezogen wurde.

„Ich hatte noch 1998 gesagt: Ich will nichts damit zu tun haben! Aber ein Mädchen meinte: ‚Du kannst nicht beurteilen, was du nicht kennst!' So haben wir dann Drogen genommen. Sabine sah die Verwandlung in uns. Wir haben sogar heimlich in der Toilette von Café *Stoffwechsel* konsumiert. Das war wirklich das negativste Erlebnis. Ich habe aufgehört, wir haben es geschafft, aber andere nicht. Das war traurig. Denn die Drogen haben meine Persönlichkeit verändert. Ich kann nicht mehr so herzhaft lachen, habe Kopfschmerzen, Migräne. Ich habe auch mit dem Alkohol aufgehört, weil es da auch böse Momente gab."

Stefan: Insgeheim suchten wir Geborgenheit!

Einer von denen, die mit dem *Stoffwechsel* gewachsen sind, ist Stefan, der ältere Bruder von Heiko. Er sitzt vor mir, ein imposanter junger Mann, dem anzumerken ist, dass er schon einiges hinter sich hat. Der aber zuversichtlich ins Morgen schaut, und seine Meinung selbstbewusst vertritt. Mit seinem Bruder Heiko gehörte er zur Clique vom Alaunplatz, durch die eine Reihe Kids, auch Nicole, zum *Stoffwechsel* kam. Hier in Sabine Balls Wohnzimmer, wo wir uns unterhalten, fühlt er sich zu Hause, das ist dem vertrauten Umgang von Sabine und ihm abzuspüren. Er erzählt seine Geschichte mit Sabine und *Stoffwechsel.*

„Ich habe neun Geschwister, vier Mädchen und fünf Jungs. Bis ich sechs Jahre alt war, lebte ich bei meiner Oma auf dem Dorf. Danach musste ich zu meiner Mutter in die Stadt ziehen. Da änderte sich mein Leben von Grund auf. Meine Geschwister und ich bekamen bei meiner Mutter nicht die Liebe und Zuneigung wie bei meiner Oma. Mit zwölf fing die ganze Scheiße an. Wir haben nur auf die Fresse gekriegt, egal, ob wir Mist gemacht haben oder nicht. Mit dreizehn haute ich ab und lebte dann fast drei Jahre auf der Straße. In dieser Zeit klaute ich alles, was nicht niet- und nagelfest war, zusammen mit meinem Bruder Heiko. In dieser Zeit kamen sehr viele Probleme, die ich mit Alk lösen wollte, doch es wurden dadurch mehr. Ich war dreizehn Jahre alt, als wir zum ersten Mal zum Café *Stoffwechsel* kamen. Am Anfang standen wir mal mit knurrenden Mägen davor, doch der Laden hatte zu. Um zwölf Uhr öffnete er dann, und Sabine teilte Suppe aus. Sie sprach uns an, doch wir dachten nur: ‚Was will die Alte von uns? Wir wollen doch nur was zu essen haben!'

So war das ein paar Mal, dass wir nur kurz rein- und wieder raus gingen. Mein kleiner Bruder Heiko war dabei, und Micha, seine Freundin, insgesamt waren wir vielleicht fünf, sechs Leute. Das erste, was Sabine sagte, war: ‚Esst erst mal was!'

So fing es an. Sabine kümmerte sich um uns und kontaktierte

unsere Mutter, damit wir wieder nach Hause gehen und nicht so verwahrlosen. Doch das war natürlich erfolglos. In der ersten Zeit kamen wir nicht jeden Tag, das hat sich erst entwickelt. Sabine blieb dran und sagte den Mädchen: ‚Ich will mal die Jungens wieder sehen!'

Später meldete Sabine Heiko und mich zu einer Freizeit mit der Elim-Gemeinde an, das waren zwei Wochen im Harz. Dort lernten wir eine gute Familie kennen, Birgit und Johannes. Sie sagten: ‚Sabine hat das für euch bezahlt.' Mit ihnen haben wir heute noch Kontakt. Mein Bruder Heiko und ich kloppten uns dort, wir machten ihnen das Leben zur Hölle, hauten ab, weil wir uns gezofft hatten, jeder in seine Richtung. Wir kamen aber nicht weit, die Leute kamen uns nach. Es hat mir aber letztlich doch gefallen, aber wenn du keine Ordnung zu Hause hast, dann ist auch sonst alles Chaos.

Meine Mutter kennt viele Alkoholiker und Knackis, das waren unsere Vorbilder. Klar ist das keine Entschuldigung, dass ich mit dreizehn angefangen habe zu trinken! Doch im Nachhinein meine ich: Mit dreizehn ist man noch ein Kind. Das Denken ist noch anders, man fühlt sich aber als Erwachsener. Im *Stoffwechsel* machten wir neue Erfahrungen. Was ich nicht vergessen werde, ist dies: Hier ist eine Frau, die wir nicht kennen, die schenkt uns was!

Etwas anderes war das Thema Regeln. Im *Stoffwechsel* gab es Regeln. Es war schwer, Regeln zu lernen, zuhause gab es keine, auch nicht auf der Straße. Unser Motto war: Gesetze sind da, um gebrochen zu werden. Die Regeln im *Stoffwechsel* waren:

1. Nach dem Essen aufwaschen.
2. Nicht rumbrüllen.
3. Kein Alkohol.
4. Kein Kaffee unter 16 Jahren – da mussten sie am meisten aufpassen!
5. Kehren.
6. Auch bei Streit relativ ruhig bleiben, nicht ausrasten.
7. Rauchen nur auf der Straße

Stefan Bick und Sabine Ball im Café Stoffwechsel 1995

Und dann waren noch die Maßnahmen: Wir mussten einen Monat oder eine Woche draußen bleiben, wenn wir eine Scheibe zerscheppert hatten oder ähnliches. Das hieß: ‚*Stoffwechsel*-Pause'. Wenn du einen Monat kein Essen kriegst, das ist Strafe pur! Verstanden habe ich die Regeln damals, akzeptiert nicht.

Als ich sechzehn Jahre alt war, kam ich in Untersuchungs-Haft. Erst drei Tage vor meinem siebzehnten Geburtstag kam ich wieder raus. Vor der U-Haft hatte ich bei Birgit und Johannes gewohnt. Sie haben nicht verstanden, dass ich wegen ihrer Kinder ausgezogen bin, denn ich konnte nicht für mich selbst garantieren. Ich war entweder absolut aggressiv oder lag unter dem Tisch.

1997 bekam ich eine eigene Wohnung, aber das Leben ging im alten Trott weiter: Kiffen, Alkohol, mehrere Abbrüche der Lehre. Zweimal hatte ich als Maler angefangen, einmal als Kfz-Mechaniker. Ich kam dann in ein Programm der Gefährdetenhilfe Scheideweg. Doch auch da hat es nicht funktioniert.

Ich war ja wirklich bereit, mein Leben zu ändern. Ich hatte die Drogen aufgegeben, sogar meinen Hund weggegeben, um dorthin zu gehen."

Die Therapie scheiterte in Stefans Augen letztlich am Verhalten eines Mitarbeiters in dem Betrieb, in dem er parallel zur Therapie eine Ausbildung machte. Das war eine Enttäuschung, nicht nur für Sabine und die Mitarbeiter, sondern auch für ihn selbst.

„Danach wohnte ich dann mal hier und mal da, hatte wenig Geld und keinen Job und rutschte in die Drogenszene rein. Ich hing dann jeden Tag hier beim *Stoffwechsel* rum und habe mitgearbeitet. Ich machte die mir vom Gericht auferlegten Arbeitsstunden hier und half auch ehrenamtlich mit, aber gleichzeitig verkaufte ich Drogen und nahm sie auch selbst. Ich wurde dann auch noch einmal wegen Körperverletzung verhaftet, und auch wegen Drogensachen, und bekam ein Jahr im Knast. 1999 lernte ich Ellie kennen. Sie ist Friseurin, und jetzt wünschen wir uns ein Kind. Die Beziehung zu ihr hat mir geholfen. Ich bin dann zu Ellie gezogen, und habe mich gedreht, so wie ich jetzt bin. Ich bin jetzt auch noch kein Engel, aber ich geh jedem Ärger aus dem Weg.

Insgesamt war ich anderthalb Jahre in Knast. In diesem Jahr habe ich noch einmal viereinhalb Wochen gesessen. Mein oberstes Gebot ist jetzt: Schulden so gering wie möglich."

Auf die Frage, ob Stefan sich als Christ bezeichnet, sagt er:

„Meine ehrliche Antwort ist nein. Ich bin nicht sicher, es gibt so viele Religionen. Ich bezeichne mich noch nicht als Christ, vielleicht kommt das noch. Sabine und Knafffi sehen bestimmte Fähigkeiten in mir. Aber ich habe Angst, dass ich als Christ eher aus der Reihe springen würde. Ich will kein schwarzes Schaf sein. Ich habe mir selten helfen lassen. Während der U-Haft machte ich einen kalten Entzug durch, im Knast den Entzug von den Drogen, das habe ich alles allein durchgestanden."

Nach wie vor ist Stefan begeistert von *Stoffwechsel*:

„Ich würde einem Jugendlichen das *Stoffwechsel* empfehlen,

weil er dort erstens Regeln lernen würde. Außerdem gibt es hier etwas zu essen, es ist warm, und jeder kriegt ein Gespräch, ob er will oder nicht. Denn Sabine fragt nach. Und da antwortet man. Und damit sie Ruhe gibt, lässt man es über sich ergehen. Aber etwas bleibt auch hängen."

Beeindruckend für Stefan war auch die Zeit in der Ukraine, wo er mit einer Gruppe vom *Stoffwechsel* hinfuhr. Morgens halfen sie mit im Kindergarten, nachmittags war Zeit zum Entspannen. Sein Fazit:

„Das Leid ist dort größer als hier. Mich hat es sehr geprägt. Als wir nach dem zweiten Besuch wegfuhren, hängten sich die Kinder an uns. Sie konnten gar nicht verstehen, warum wir wegfuhren."

Ich frage Stefan nach seiner Hoffnung für die Zukunft. Er sagt:

„Zwei Hoffnungen sind schon in Erfüllung gegangen: Erstens, ich bin von den Drogen und vom Alkohol weg! Und zweitens die Ehe. Ich hoffe, dass unsere Ehe lange hält. Eigentlich wollte ich nicht heiraten, aber jetzt ist das ein gutes Gefühl. Ich liebe die Frau, will sie nicht verlieren. So sind wir jetzt ganz gebunden, jetzt muss man zusammen durch Tiefen und Höhen gehen.

Ich hoffe, dass ich nach dem Vorbereitungsjahr meine Lehre bekomme. Ich würde gern Kfz-Mechaniker machen, gesundheitlich muss ich aber Bürokaufmann machen.

Und dabei ist wichtig: Ich muss lernen, mir was sagen zu lassen und dem Kunden höflicher entgegenzutreten. Das ist das Problem: Auf der Straße lernt man das nicht.

Ich will auch meinen Kindern, wenn ich dann welche habe, ein ordentliches Familienleben bieten, meine Kinder sollen mit Vater aufwachsen. Ich habe neun Geschwister ... wenn da alle halbe Jahre ein neuer Kerl kommt, ist da kein Vertrauen, keine Autorität!"

Das *Stoffwechsel* war lebensprägend für Stefan. Das sieht er heute so:

„Die Umgebung, die Gespräche, die Atmosphäre war alles

wichtig. Auch der Streit, auch die Scheibe, die wir kaputt gemacht haben, die Freundschaft. Es ging nicht um das Essen, das war Nebensache, sondern ums Reingehen, um Kontakte suchen, und insgeheim, was man nicht so gern zugibt, Geborgenheit.

Das geht den Kids, die heute da sitzen, genauso. Die Mädchen beschäftigen sich intensiv mit den Mitarbeitern, die Jungs machen einen auf coolen Macker, aber insgeheim möchten sie doch reden.

Das ist das Wichtigste. Mir hat es sehr viel geholfen, hier viel zu reden. Und was toll war, waren die Fahrten und Freizeiten. Etwas unternehmen, abspannen, das war gut. Und heute – Sabine ist jetzt für uns wie eine Oma, Heiko und ich gehören irgendwie mit zum Inventar, wir sitzen heute noch hier, wie damals, vor zehn Jahren."

René: „Das *Stoffi* ist meine Gemeinde"

René, geboren 1965, ist einer der ganz wenigen, die von Anfang an bis jetzt im *Stoffwechsel* dabei waren. René kennt alles und jeden. Im Jahr 1993 lief er einmal am *Café Stoffwechsel* vorbei und sah Leute drinnen. Das machte ihn neugierig, und er ging hinein. Für ihn war *Stoffwechsel* von Anfang an wie eine Familie. René sprach auch als erster aus, was viele fühlten: „Das *Stoffi* ist meine Gemeinde." Die Feste im *Stoffwechsel* hatten es ihm angetan, Weihnachten und auch das Frühstück auf den Kirchenbänken auf der Straße beim Szenestadtteilfest „Bunte Republik Neustadt". Und überhaupt der Kontakt mit so vielen unterschiedlichen Typen im Café:

„Es gab auch so einige Paradiesvögel, die hier hereinschneiten. Ich muss an manche denken, wie Hochwürden und Lothar und viele andere."

René hatte es schwer, sich nach der Wende in der neuen Situation zurechtzufinden:

„Ich fühlte mich als DDR-Bürger und bin durch die anderen vereinnahmt worden.

Ich hatte ja auch innerlich große Probleme, von der BRD, also vom Sozialamt, Geld anzunehmen. Im Lauf der Jahre hat sich meine Sichtweise schon verändert und ich habe auch Dinge angenommen. Ich sagte mir ‚Ich habe das Land nicht gewählt, aber jetzt lebe ich nunmal darin. Es hat auch eine Sozialstruktur, die für jeden da ist und auch helfen will.‘

Auch in meiner Lebensorganisation habe ich mich total verändert, ich habe jetzt ein Handy und ich versuche, mir Termine einzutragen und einzuhalten. Vor Jahren war es noch unmöglich, dass ich mal ein wenig Struktur bei mir reinkriege. Ich habe hier eine Menge mitbekommen und dadurch hat sich einiges verändert.“

Bis heute ist sich René nicht ganz klar, ob es Gott gibt. Durch *Stoffwechsel* wurde er damit konfrontiert:

„Ich höre regelmäßig Gottesdienste im Radio und gelegentlich besuche ich auch Gottesdienste. Das bedeutet mir viel im Leben. Der Glaube ist für mich vor allem praktisch, weil ich meine Probleme mit Gottes Hilfe besser bewältigen kann.“

Und mittendrin: der „alte Andreas“

Am 1. Oktober 1907 geboren, kam er in all den Jahren immer wieder ins *Stoffwechsel* und war mittendrin bei den jungen Leuten. Er ist ein stiller, angenehmer Mensch, klein und mit grauen Haaren. Seinen Stock hatte er immer dabei, um sich beim Gehen zu stützen. Sein Gesicht ist freundlich, er hat kleine Lachfältchen um die Augen. Andreas ist ein alter CVJMer, also ein Mitglied im Christlichen Verein Junger Menschen. Gern lächelt er, seine Stimme ist leise und fordert zum Nachfragen auf. Wenn er seinen Platz gefunden und den Kaffee vor der Nase hatte, dauerte es stets nicht lange und ein Spielpartner fand sich ein. Viele Worte wurden nicht gemacht. Er saß im *Café*, als wäre er schon immer da gewesen: „der alte Andreas". Er war es, der den Jugendlichen Schachspielen beibrachte. Aber kaum einer konnte gegen ihn gewinnen. Und immer wieder erzählte er ihnen von seinem Leben. Er hatte vieles gesehen: Geboren noch im Kaiserreich, erlebte er zwei Weltkriege, die Weimarer Republik, das so genannte Dritte Reich, die DDR und zuletzt die BRD. Dabei war und ist, wie er selbst immer wieder sagte, sein Fundament Jesus.

Karin Sauke: Kreativ und kompetent

Karin stammt aus Rotenburg an der Wümme in Deutschlands Norden. Von Beruf ist sie Erzieherin. In einem kleinen Artikel hatte sie von Sabine Balls Arbeit mit Straßenkindern gelesen. Als sie und ihr Mann Wolfgang aus beruflichen Gründen nach Dresden umzogen, machte sie sich auf und besuchte Sabine. Das war im Jahr 1996.

Sie verstanden sich sofort, und Karin stieg in die Arbeit mit ein. Ihre kreative Begabung kam dabei voll zum Zug. Sie begann, auf Anfrage von Sabine in den noch nicht renovierten Häusern der Martin-Luther-Straße 29, deren Geschichte später erzählt wird, für und mit den Jugendlichen eine Kreativwerkstatt aufzubauen. Jugendliche zu fördern, ihnen zu zeigen, dass sie auch etwas zustande bekommen, das machte ihr Freude. Sie erzählt:

„Mein Herz hat in die Hände geklatscht, wenn die Jugendlichen sich auf ein Angebot eingelassen haben und für sich selber spüren konnten, ich kann ja was. Wenn sie mich für ein paar Minuten in ihr Herz schauen ließen und die Masken fielen. Wenn sie als Tanzgruppe auftraten und waren, wie sie eben waren – echte Kindsköpfe, laut, unberechenbar und doch liebenswert auf ihre Art. Wenn ich für sie beten durfte und Jugendliche anfingen, sich für Jesus zu interessieren."

Karins eigener Glaube war in dieser Zeit noch frisch. Durch Sabine Ball war sie in die Gottesdienste der erst vor kurzem entstandenen Gemeinde Kraftwerk gekommen und hatte dort intensive Gotteserfahrungen gemacht.

„Was ich dort hörte, war für mich neu. Gott hat sich gezeigt: Ich wusste, Gott ist da! Bis dahin war er immer ein ferner Gott, der nichts mit meinem Leben zu tun hatte."

Für Karin war es eine Freude, dass auch ihr Mann Wolfgang den Zugang zum Glauben und Gott fand – auf seine ganz eigene, sachliche Weise.

Die Arbeit in der Kreativwerkstatt war für sie ein Weg, das weiterzugeben, was sie selbst von Gott geschenkt bekommen hatte. Von Anfang an war für sie Gebet ganz wichtig, alle Details der Arbeit und die Probleme der Jugendlichen brachte sie in ihr Gespräch mit Gott ein.

Für Karin war alles wie ein Abenteuer mit Gott:

„Es verging eigentlich kein Tag, der es für mich nicht wert gewesen wäre, notiert zu werden. Die Tage waren so randvoll mit Leben, urigen Menschen, komischen Umständen, tragischen Situationen und meiner eigenen Hilflosigkeit, Lachen oder Mitleiden, sowie immer wieder dem Eingreifen des Herrn – dass ich es immer noch verarbeite und sortiere."

Das größte Abenteuer war es, die Jugendlichen wirklich in ihr Leben aufzunehmen. Das hieß für sie ganz konkret: ein Mädchen vom *Stoffwechsel* als Pflegekind anzunehmen – und damit ihre Freundinnen gleich dazu, da diese sozusagen Hausrecht hatten:

„Diese Zeit war die intensivste meines Lebens. Ich bin sonst nie so an den Rand gekommen und so hoch geflogen. Ich bin auf das Wasser getreten und habe meine Versorgung Gott überlassen und mein Tun gleich dazu. Wir bekamen eine Tochter, einen schwangeren Hund, einen Hamster und im Gefolge eine

Gruppe von Jugendlichen, die unser Badezimmer zum Friseursalon und Stylingcenter für grün, rot und blau gefärbte Haare machten, den Computer benutzten oder einfach für uns kochten."

Was Karin schwer fiel, trotz aller Erfolge und guten Begegnungen, war, zusehen zu müssen, wie die Jugendlichen immer wieder die gleichen selbstzerstörerischen Dinge taten. Wie sie gute Erfahrungen im Nachhinein wieder zerstörten, scheinbar, weil sie Schönes und Gutes nicht aushalten konnten und es sie völlig verunsicherte.

Ihre Pflegetochter Steffi fing an, in ihrer Klasse von Jesus zu erzählen, es kamen Schulkameraden und immer mehr Jugendliche. So war fast jeden Tag die Bude voll. Dabei ging es auch um praktische Hilfestellung. Manche Kids waren mit der Schule fertig und brauchten jetzt Unterstützung dabei, Bewerbungen am Computer zu schreiben.

Aus der Kreativwerkstatt heraus entstand nach einiger Zeit die Jesus Christ Crazy Gang, eine Gruppe für die Jugendlichen, die im Glauben weitere Schritte machen wollten. Sie trafen sich bei Karin und Wolfgang zu Hause.

Bei all den tiefen Erfahrungen ist dies keine Erfolgstory. Viele Jugendliche aus dieser ersten Gruppe gingen nach einigen Jahren in ihr altes Milieu zurück. Eine von ihnen geriet in die rechtsradikale Szene. Doch Karin versucht, auch mit ihnen im Gespräch zu bleiben und öffnet ihre Türen gern für sie. Und es gab eine zweite Generation, von denen manche einen guten Weg im Glauben und Leben fanden.

Wie Sabine Ball hat auch Karin Sauke ein Ja dazu, dass ihre Arbeit die unterschiedlichsten Menschen erreicht, und dass „Erfolg" und scheinbarer Misserfolg zusammengehören. Doch wer will langfristig beurteilen, was wirklich bei den Einzelnen hängen bleibt und später wieder aktiviert werden kann?

Gebet ist für Karin nach wie vor der Schlüssel zu dem, was Gott tun will – in Dresden und darüber hinaus. Sie träumt von einer großen Schar von Kindern und Jugendlichen, die fröhlich singend durch die Straßen ziehen und Gott loben und eine Botschaft in die Welt tragen.

Stefanie: So ein Leben wollte ich nicht!

Steffi war eins der Mädchen, die Karin in der Kreativwerkstatt kennen lernte. Die Wohnung ihrer Mutter wurde zwangsgeräumt, und Steffi wurde zu diesem traurigen Anlass aus der Schule geholt, um ihre Siebensachen zusammenzupacken. Ihre Mutter zog zu einem Mann, der alkoholabhängig war und mit vier Hunden in einer kleinen Wohnung lebte. Dort konnte das Mädchen unmöglich hin. Die ersten Nächte nach der Zwangsräumung schlief Steffi bei Sabine Ball auf dem Sofa, bis Karin ihr anbot, bei ihr und Wolfgang einzuziehen. Sie war damals gerade mal vierzehn Jahre alt. Steffi war eine der Jugendlichen, für die *Café Stoffwechsel* zum neuen Hoffnungspunkt wurde. Im Rückblick berichtet sie über ihr Leben:

„Bevor ich Christ wurde, war ich mit Punks zusammen. Ich habe mein Loch nach Liebe mit Drogen, Alkohol und Beziehungen gefüllt. Ich kannte Jugendliche, die in Läden einbrachen, immer wieder im Gefängnis waren, manche sind noch dort. So ein Leben wollte ich nicht leben. Irgendwann nahm mich ein Punk-Mädchen mit in den Gottesdienst. Ich hatte zwar schon leichte Berührungen mit dem Glauben gehabt, aber ich habe nichts davon geglaubt. Na ja, ich saß da und dachte mir: ‚Was soll das alles, so ein Quatsch!‘ Zu Hause kam eine Stimme in meinen Kopf und sagte: ‚Jesus gibt es nicht!‘ Seitdem ritzte ich mir damals fast regelmäßig die Arme auf.

Na ja, nach einem Vierteljahr hat Jesus mich sozusagen kalt erwischt. Im Büro von Sabine Ball habe ich mein Leben Jesus gegeben. Dort ging ich mit meinen Freunden öfters zum Essen hin. Heute lebe ich total glücklich bei christlichen Pflegeeltern. Jesus hat mein Leben total verändert: Er hat mich fähig gemacht zu leben, Liebe anzunehmen. Er hat mich frei von Alkohol und

Drogen gemacht. Durch ihn kann ich heute hier stehen und sagen. ‚So wie ich bin, bin ich.' Schön ist das!"

Der persönliche Schritt zum Glauben und die neue soziale Erfahrung mit ihren Pflegeeltern bedeuteten für Steffi ein ganz neues Lebensfundament. Das Jugendgericht bestätigte die Vormundschaft von Karin und Wolfgang Sauke für drei Jahre. Am Anfang musste Steffi manches lernen, und vor allem musste das Vertrauen neu aufgebaut werden. Es war ein Prozess, bei dem alle drei neu etwas von der geduldigen Liebe Gottes verstehen und lernen konnten.

Nach ihrer Zeit bei Saukes ging Steffi in die Bibelschule Bad Gandersheim, eine Zeit, in der ihre Lebensfundamente noch vertieft wurden. Bis Sommer 2005 lebte Stefanie mit im Vorderhaus Martin-Luther-Str. 29 in einer Wohngemeinschaft; sie arbeitet als Sozialassistentin in der Kurzzeitpflege.

Nicole: Eins von Gottes gefundenen Kindern

Nicole gehört zu denen, die früh mit Sabine Ball in Berührung kamen. Ihre Geschichte ist fast klassisch. Als sie noch klein war, stand eines Tages das Jugendamt vor der Tür und nahm ihrer Mutter die Kinder fort, Nicole und ihren Bruder. Sie erzählt:

„Ich und Aleko hatten ja gar keine Ahnung, was überhaupt los war. Also waren wir im Heim, es war eigentlich ganz in Ordnung. Es vergingen einige Monate, da standen wieder ein paar Leute vor der Tür und nahmen mich mit. Es war kurz vor meiner Schuleinführung. Wieder in ein anderes Heim in Drescha. Dort wurde ich auch von meinem Bruder getrennt und kam auch in die Schule. Der Schulweg war unheimlich weit, es war echt nervig, vor allem im Winter, wenn der Bus nicht fahren konnte, mussten wir die ganze Strecke zu Schule laufen. Wir waren zwölf Leute im Zimmer, Jungs und Mädchen zusammen, das war den Erzieherinnen egal. Unsere Kleidung von früher wurde eingeschlossen und wir bekamen neue Sachen vom

Heim. Die Mädchen mussten ein Kleid, eine Schürze und ein Tuch tragen. Unser Waschraum war gefliest, nur Waschbecken und ein Fußbecken drin. Und keine Heizung. Manchmal dachte ich, ich bin im Gefängnis oder so was. Es waren Gitter vor dem Fenstern und vor den Türen. Jeden Abend mussten wir unsere Schuhe blank putzen. Da war ich eine ganz schön lange Zeit. Dann standen wieder paar Leute vor der Tür. Sie sagten mir, dass meine Mutter bei einer Operation gestorben wäre. Da nahmen sie mich mit zu einer Familie. Das waren dann meine Pflegeeltern. Die waren ganz nett und auch nicht gerade arm. Christlich waren sie auch. Jeden Freitag, Samstag und Sonntag in die Kirche. So hatte ich das erste Mal was mit Christus zu tun. Aber begriffen hab ich nie was davon. Dort war ich auch eine ganze lange Weile. Dann kamen wieder Leute und nahmen mich wieder mit. Wieder in das Heim nach Wuschen, wo mein Bruder war. Wir mussten uns mit Vor- und Zunamen anreden, auch mein Bruder und ich. Aber sonst war das Heim okay. Nicht so krass wie das andere. Ich und Aleko waren zwar im gleichen Gelände, aber jeder in einem anderen Gebäude. Das Zimmer war nicht gerade rosig. Mäuse waren dort auch. Einmal ist einer Erzieherin eine Spitzmaus ins Essen gesprungen. Sie nahm vor Angst ihren Schuh und schlug auf den Teller. Die Maus war tot, und die Erzieherin voller Essen. Das sah vielleicht lustig aus!

Nach einer Zeit kamen wieder Leute und nahmen mich mit, wieder nach Dresden. Einmal musste ich den ganzen Weg von der Schule zurück ins Heim laufen. Es war im Winter. Ich hatte nur ein Kleid, ein paar Gummistiefel und das Übliche. Es war kalt und ich fror. Ich war auf dem halben Weg zurück, da kam jemand mit dem Fahrrad vorbei und sagte mir, dass ich meine Hefte verloren hätte. Meine Hände waren blau gefroren. Ich hatte es nicht bemerkt! Ich kam bis auf alle Knochen durchgefroren im Heim an. Das Abendbrot war auch schon vorbei. Da musste ich ohne was im Magen ins Bett. Eines Tages standen zwei Frauen im Büro. Die eine davon war meine Mutti. Das wusste ich aber nicht. Ich hab gefragt, wer die sind. Und da haben sie mir erst mal alles erzählt. Ich war ganz wirr.

Ich sagte auch die erste Zeit zur Mutti nicht Mutti. Ich nannte sie Frau Müller, das hat ihr wohl wehgetan! Sie nahm mich mit nach Dresden. Davor holten wir noch meinen Bruder ab. Meine Mutter und ihre Freundin guckten ganz schön, weil wir uns nur mit Vor- und Zunamen anredeten. Da lernte ich überhaupt erst meine Schwester Conny kennen und meine zwei kleinen Geschwister Toni und Aline. Ich fand das komisch. Nach einiger Zeit kamen Conny und ich ins Kinderheim Radebergerstr. 53. Wieder im Heim! Das fanden wir voll doof. Wir wurden dort eingewiesen und konnten uns das Heim ganz in Ruhe anschauen. Die anderen Heimkinder waren gerade schwimmen oder so. Wir aßen dann auch gleich Abendbrot. Es war ein riesiger Saal. Dann kamen auch schon die anderen. Wir waren noch ganz scheu und ich hatte Angst. Und da kam eine die Treppe runtergestürzt und sagte: Noch mehr kleine Heimkinder! Da hatte ich noch mehr Angst. Ich verkroch mich gleich in mein neues Zimmer. Meine Schwester war auch drin und noch andere. Eine Frau dort konnte mich überhaupt nicht leiden und schickte mich gleich früher ins Bett als die anderen. Aber schlimm fand ich es nicht. Ich dachte: Das ist eben auch wieder so ein Heim wie die anderen, wo ich war. Aber das war es nicht! Sie waren gastfreundlich, das hat mich sehr gewundert. Das war eine ganz schöne Umstellung für mich. Ich kam irgendwie nicht damit zurecht – erst war es so streng und böse, dann aber wieder gut und freundschaftlich.

Daher hatte ich auch schon ganz viele Verletzungen im Herzen. Ich kam mit dem Strengsein besser zurecht. Ich wusste, wo ich es einordnen sollte. Aber wenn einer hilfsbereit und lieb zu mir war, wusste ich nie was damit anzufangen. Weil doch sowieso nur das Strengsein herrschte. Und da war auch noch andauernd diese Angst. Ich baute mich in einen ganz tiefen Schacht ein, wo mich keiner innerlich finden konnte. Es war eine Art Schutz. Ich sprach mit fast niemandem. Ich lebte in

Nicole Müller vor dem Café Stoffwechsel 1996

meiner eigenen Welt. So vergingen zwei oder drei Jahre. Und dann durften wir endlich nach Hause. Aber ab und zu mussten wir für ein paar Wochen noch ins Heim. Meine Mutter war sehr, sehr oft im Krankenhaus. Aber es waren ja nur ein paar Wochen!

Dann zogen wir nach Gorbitz. Es war sehr schön dort. Ich und Aleko waren nur draußen an der Luft und spielten immer an so einem kleinen Bach. Das war immer Spaß. Die Schule war auch ganz okay, bloß da musste man sich erst ein bisschen Respekt verschaffen. Das fand ich doof. Sonst war man der Softi. Da musste man einem in der Klasse aufs Maul hauen. Sven oder so hieß der. Ich hab es natürlich gemacht. Weil, wenn man in einer Klasse der Softi ist, können die anderen einen bis in den Tod treiben. Jeden Tag eine in die Fresse kriegen wollte ich nicht. Ich find es auch blöd, dass man irgendeinen grundlos zusammenschlagen muss, um respektiert zu werden. Aber so ist es nun mal, fast auf jeder Schule. In der 30. Mittelschule musste ich gegen den Klassenstärksten antreten. Da hab ich gewonnen. In Gorbitz hatte ich auch meinen Autounfall. Aleko und ich sollten meinen kleinen Bruder Toni aus dem Kindergarten holen, ein ziemlich weiter Weg. Hin und bis zur Hälfte des Rückweges haben wir es geschafft, und dann machte es Bums! und es war zu spät. Der Fahrer beging Fahrerflucht. Aleko hatte einen Bruch am Hals, und ich war acht Monate im Koma. Bestimmt hatte ich tausend Schutzengel! Aber das eine Jahr Krankenhaus hat mich zwei Schuljahre gekostet.

Nachdem ich aus dem Krankenhaus kam, zogen wir nach Dresden-Neustadt. Dort, in der 30. Mittelschule lernte ich Steffi und Mila und Nasi kennen und durch sie einen Teil der Clique. An einem Nachmittag ging ich mit auf den Alaunplatz. Da war Party ohne Ende, und ich habe ganz schön geschluckt. Die meisten kamen gerade aus dem Knast oder der Punkszene. Das war 1995. In diesem Jahr wurde ich dreimal vergewaltigt. Zu Weihnachten 1995 war auf dem Neustädter Bahnhof irgendein Fest. Da traf ich ein paar Leute. Wir schlenderten durch den Bahnhof. Wenigstens war es warm. Wir hatten Hunger und kein Geld. Da sagte Jenny: ‚Komm, wir gehen zum *Stoffi* was essen!‘ Ich wusste nicht, was das *Stoffi* war. Jenny sagte: ‚Ein Café.‘ Ich dachte: He, wir haben doch kein Geld? Das konnte ich mir nicht vorstellen. Ich ging einfach mit und ließ mich überraschen.

Es war schon dunkel, als wir dorthin kamen. Da standen die Lahls draußen, das waren unsere größten Erzfeinde. Wir bekriegten uns ständig in der Schule und konnten uns nie anfreunden. Am *Stoffi* kamen wir dann in einen kleinen Wortwechsel. Dann kam Romy raus und fragte mich, wer ich sei. Wir verstanden uns auf Anhieb. Im *Stoffi* war es warm, und dort gab es Essen, wir haben uns richtig satt gegessen. Es gefiel mir dort auf Anhieb. Zwanzig Uhr schloss es dann, ich und Lahls und Romy schlichen noch ein bisschen um die Lutherkirche und unterhielten uns. Langsam verabschiedeten wir uns und gingen alle heim. Es war schon spät und kalt. Mutti fragte mich, wo ich war. Ich erzählte ihr von *Stoffwechsel*. Sie hat es nie richtig geschnallt und nannte es Sauerstoff. Aleko fragte auch gleich neugierig, und ich sagte, es sei nichts als nur ein Laden. Am nächsten Tag nahm ich Aleko mit in den *Stoffi*. Schwer war es nicht, weil wir uns ja alle schon kannten. Nur dass wir eben Feinde waren. Aber Aleko konnte sich auch schnell anfreunden. Wir sind nicht lange am *Stoffi* gewesen, weil wir auf die Prießnitz gehen wollten, um auf dem Eis zu schlittern. Es dauerte auch nicht lange bis der Erste eingebrochen war. Und ich war die Zweite, das war dort, wo die Prießnitz in die Elbe fließt. Das war schweinekalt! Ich konnte kaum laufen, meine Füße taten sehr weh. Wir waren viel zu leichtsinnig. Wir konnten uns nicht vorstellen, dass man da ersaufen kann. Dann waren wir den restlichen Winter immer im *Stoffi*. Aber im Frühling ging dann das Saufen auf dem Alaunplatz wieder los."

Ich wüsste nicht, wo ich heute wäre

Nicole heute darüber, wie sich das mit ihr und dem *Café Stoffwechsel* weiter entwickelte:

„Ich bin teilweise wegen der Leute wieder hingegangen. Das mit Sabine musste erst mal wachsen, bis sie dann eine Art Mama geworden ist.

Stoffwechsel hat viel in meinem Leben bewirkt. Es hat mein Leben umgedreht. Ich habe zu Gott gefunden und zieh das jetzt durch. Ich kenne alle, Guni und Knafffi und die Sabine, sie bedeutet mir viel im Leben. Ich habe auch Angst vor dem Tag, wenn sie mal von uns geht. Da fehlt ganz viel, wenn sie nicht mehr da ist. Sie alle haben uns ja praktisch aufgezogen, mit dem ganzen Hin und Her, mit den ganzen Tiefs. Ich wüsste nicht, wo ich heute wäre. Die Drogenkarriere stand mir ja bevor. Aber wenn es das *Stoffi* nicht gegeben hätte, wäre ich wahrscheinlich noch weiter drin und alles wäre noch schlimmer, vielleicht wäre ich auch schon heroinabhängig. Ich hätte meine Kinder nicht."

Nicole und ihre Kinder

Nicole kam später in eine Drogentherapie, aus der sie aber fortlief. Kurz darauf wurde sie schwanger, gerade mal siebzehn Jahre alt. Am 6. Mai 2001 wurde dann ihr Sohn Karsten geboren. Seit dem Augenblick, wo sie von ihrer Schwangerschaft erfuhr, nahm sie keine Drogen mehr.

„Als der Arzt mir sagte, dass ich schon zwei Monate schwanger bin, ließ mich das cool. Aber als er sagte, dass das Herz schon regelmäßig schlägt, dass das Kind schon voll da ist, da habe ich mir gesagt: Das Kind trägst du aus! Karsten war ja ungeplant. Ein Arzt hatte mal gesagt, ich kann nicht schwanger werden. Aus diesem Grund hatte ich auch nicht aufgepasst. Als ich mitbekommen habe, das Herz schlägt, habe ich gesagt, ich will den! Ich hatte zwar nichts. Aber ich habe mir gesagt, das schaffst du!“

Auch das zweite Kind, Paris, kam unerwartet. Nicole ging wegen Unterleibschmerzen zum Arzt. Er machte einen Ultraschall, da konnte sie schon den Fuß sehen, richtig ausgebildet. Da Nicole zu dieser Zeit wieder Drogen und viel Alkohol konsumierte, machte sie sich Sorgen, ob das Kind normal ist:

„Ich habe das Kind schon im Bauch übelst strapaziert. Das Kind hatte schon Drogenerfahrung, bevor es auf die Welt kam. Deshalb habe ich mich so fertig gemacht, ich sagte: Ein zweites Kind, das geht einfach nicht! Keine Ausbildung, gar nichts, und dann zwei Kinder! Aber jetzt bin ich froh, dass ich sie habe. Ich konnte damals nicht mit den Drogen aufhören, ich war voll abhängig! Ich musste auch in der Schwangerschaft regelmäßig Drogen nehmen, dann hatte ich den Karsten noch! Es waren so schlimme Zeiten! Da habe ich mir dann eingestanden, dass ich abhängig bin.“

Nicole und ihr Glaube an Jesus

Nicole hatte sich in dieser Zeit, in der sie massiv Drogen nahm, vom *Stoffwechsel* distanziert. Und dennoch war in ihrem Leben das Thema Glauben immer wieder von Bedeutung. Die erste tiefere Erfahrung mit Gott machte sie fast wieder Willen:

„Das war in der Jugendkirche Kraftwerk. Da sind wir dort rein und wollten Stunk machen. Franzi, ich, Lahls, Bicks, halt die ganzen Chaoten. Wir haben die ganze Zeit rumgepöbelt. Dann haben sie gesagt, kommt vor, wir wollen für euch beten. Weil wir keine Feiglinge sein wollten, gingen wir nach vorn, und es wurde für uns gebetet – und da war irgendwas, seitdem hat sich was verändert. Seit dem Tag ging das nicht mehr aus meinem Kopf.

Ich spielte mit dem Gedanken, Christ zu werden, und es ging einige Tage so. Einen Sonntag bin ich wieder zum Gottesdienst gegangen, und da habe ich viel gebetet, und es tat sich was im Herzen, und ich sagte, dass ich es mit Glauben probieren will. Also, ich habe erst nicht dazu gestanden. Aber so richtig von Herzen war ich es ab da eigentlich immer.

Wir haben auch die ganzen Fahrten zu Veranstaltungen immer mitgemacht. Klar, manchmal sind mir alle auf den Keks gegangen mit dem Reden. Doch ich hatte damals eine Erfahrung gemacht und wusste, da ist was da. Nur konnte ich es nicht zeigen, da es gegenüber den anderen Chaoten ja peinlich war, wenn ich plötzlich die Leute cool finde, die wir ja eigentlich angreifen wollten. Die besonderen Treffen wie zum Beispiel Freakstock haben mir sehr gefallen, das hat sehr gefruchtet. Ich bin einfach mit gefahren, weil ich eh nichts zu tun hatte."

Als Nicole dann ihr erstes Kind bekam, war das für sie ein Anlass, auch in Sachen Glauben voranzugehen:

„Als ich den Karsten hatte, fing ich an, dazu zu stehen und ich habe es jedem gesagt: Ich glaube an Jesus! Ich habe mich dafür nicht mehr geschämt. Auch dann in der Drogenzeit! Obwohl ich da das Gefühl hatte, ich komme an Gott einfach nicht ran, gerade durch die Drogen. Ich habe mir immer gesagt: Ich kann nicht Drogen nehmen und an Gott glauben! Aber wie kommt man alleine davon weg, wenn man körperlich abhängig ist? Darüber habe ich mir die ganze Zeit Gedanken gemacht, wie ich einen Entzug machen kann. Einen öffentlichen Entzug machen ging nicht, weil ich Angst hatte, dass die mir meine Kinder wegnehmen.

Ich hatte dann nur noch ganz wenig Kontakt zum *Stoffwechsel*. Ganz schlimm war es, als ich die Angstzustände hatte, da war ich im *Stoffi* und hab ihnen alles davon erzählt, von dem Ereignis, als wir Ecstasy genommen haben. Ich hatte richtig krasse Angstzustände. Ab da hat es bei mir mit Gott gefruchtet. Dann bin ich hingekommen, weil ich mal die Nummer von der Karin Sauke brauchte, denn ich musste unbedingt mit ihr reden, denn sie ist so erfahren. Ich habe Karin voll als Vertrauensperson gesehen. Ich erzählte ihr dann, dass ich schwanger war. Wir haben dann gemeinsam überlegt, dass die Karin vielleicht das Kind nimmt. Sie hat darüber noch mal gebetet. Das war für mich der Halt in der Schwangerschaft, dass ich wusste, dass das Kind irgendwo hinkommt und aus der Drogenumgebung ganz rauskommt. Die Beziehung zur Karin entstand über die Kreativwerkstatt im *Stoffi*. Oh, die hat auch viel durch mit uns! Wir haben die Karin nur fertig gemacht, weil sie uns so viel Liebe gegeben hat. Deswegen haben wir sie so attackiert, auch Sabine und die anderen, weil sie uns aufgenommen haben, so wie wir sind. Es ist wie eine Selbststrafe, das zu zerstören, was sie für uns aufgebaut haben. Dabei ertappe ich mich heute noch, wie ich mein Werk selbst zerstöre. Wir haben unseren Platz damals selber angegriffen, weil wir es nicht kannten, dass es so was gibt und weil es nicht logisch ist. Diese Liebe, die man von Gott kriegt, passt nicht in diese Welt. Wir kennen sie nicht, deswegen können wir auch nicht mit ihr umgehen.

Im Sommer 2003 war ich mit dem Karsten auf dem Spielplatz, und da steht der Manfred da, mein ehemaliger Betreuer im betreuten Wohnen im *Stoffi*. Er hat eine gleichaltrige Tochter. Zu der Zeit wollte ich von den Drogen weg, habe aber

Nicole Müller und Sohn Karsten
Tagesurlaub während ihrer Drogentherapie April 2005

nie so richtig den Punkt gefunden, es zu schaffen. Dort kam ich mit Manfred ins Gespräch, und er erzählte mir, dass er immer noch in der Suchtberatung arbeitet. Da hab ich ihm gesagt, dass ich einfach mal vorbeikomme. Er hat mich dann immer angerufen und echt darum gekämpft, dass ich komme und die Beratung auch wirklich mache. Das macht sonst keiner. Aber Manfred hat um mich gekämpft. Das fand ich total gut. Denn er hätte auch sagen können: ‚Es ist mir egal.' Und dann bin ich wieder ins *Stoffi* gekommen, immer wieder, wenn ich Probleme hatte. Das ist einfach die erste Anlaufstelle, wo man fragen kann: Könnt ihr mir mal helfen? Denn die sind ein neutraler

Punkt. Und ich weiß, dass sie helfen können und dass sie es auch machen. Das find ich echt cool."

Aus eigener Erfahrung weiß Nicole, dass Jugendliche nach dem akuten Drogenentzug weitere Unterstützung brauchen. Sie wünscht sich für sie eine Art Landprojekt, in dem sie eine Art Lebenstraining mitmachen können. Denn sonst ist die Gefahr groß, dass man rückfällig wird, oder zumindest, dass der Alkohol an die Stelle der anderen Drogen tritt. Dabei ist eine sinnvolle Beschäftigung und vor allem Gemeinschaft wichtig.

Nicole hat sich ein Motto ausgesucht für ihr Leben, an dem sie sich festhält. Es ist das Motto vom Christival: „Jesus first – Jesus zuerst." Und sie freut sich, dass sie sich trotz der Schäden durch die Drogen früher jetzt wieder an Dinge erinnern kann, wie zum Beispiel den Inhalt des Buches „Leben mit Vision", das sie gelesen hat. Auch für die Zukunft hat sie Träume:

„Mein Ziel in den nächsten zehn Jahren ist, eine Ausbildung zu machen. Ich will meine Kinder zurückhaben, ich möchte einen Mann haben und verheiratet sein und eine richtige Familie haben, aber ich möchte einen Christen als Mann. Ich möchte denen helfen, die genauso sind, wie ich war. Außerdem will ich noch zwei Jahre Schule machen, so dass ich das dann auch beruflich machen kann: Sozialassistentin. Auf jeden Fall will ich erst mal das erreichen, wo es auf dem Papier steht. Mal bin ich voller Hoffnung, manchmal aber auch wieder nicht. Aber ich schaffe das!"

Ihre Hoffnung hat Nicole oft in Gedichten ausgedrückt. Sabine ermutigte sie immer wieder zu schreiben, da sie so ihre Gefühle überhaupt erst zulassen konnte und lernte, sie in Worte zu fassen. Eins dieser Gedichte, das sie im September 1998 schrieb, mit fünfzehn Jahren, spricht deutlich aus, was ihrem Leben Halt gibt:

Gott und ich

Wenn ich traurig bin, nimmt mich Gott
in die Arme und tröstet mich.
Wenn ich wütend bin, bringt mich Gott zur Ruhe.
Wenn ich glücklich bin, ist Gott auch glücklich.
Wenn ich mich verlaufen hab, holt mich Gott
und führt mich wieder auf den richtigen Weg.
Wenn ich eine Wunde habe, heilt sie Gott.
Und wenn ich alt bin, holt mich Gott
und tröstet und pflegt mich im Himmel weiter.

Diese Geschichten machen eins klar: Es müsste noch viel mehr geschehen! Uli, Heiko, Stefan, Nicole – sie stehen stellvertretend für unzählige Kids, Kinder und Jugendliche, die das *Stoffwechsel* ausmachen, bis auf den heutigen Tag. Ihre Erfahrungen gehen zu Herzen und zeigen, wie notwendig die Arbeit von Sabine Ball und ihren Mitarbeitern ist. Und gleichzeitig zeigen sie auch, dass eigentlich noch viel mehr getan werden müsste als in einem ehemaligen Schnapsladen möglich ist.

4 Kein Tag wie jeder andere

und wie Krisen bewältigt werden können

Das Leben von Sabine und ihren Mitarbeitern war und blieb spannend. Kein Tag ist wie der andere: immer neue Menschen, immer neue Begegnungen.

Ein Tag im Leben der Sabine Ball

Wir schreiben das Jahr 2000. Es ist 6.30 Uhr. Der Tag beginnt. Nach Gebetszeit und Frühstück sitzt Sabine gegen 8.30 Uhr über Hausskizzen brütend mit dem Bauteam im Büro. Zwischendurch kommt der Anruf eines Fernsehsenders: „Können Sie in unserer Talkshow über Ihre Straßenkinder sprechen?"

Auf dem Weg zum Treffpunkt begegnet ihr ein fünfundfünfzigjähriger obdachloser Alkoholiker. Um 11 Uhr beginnt das tägliche Mitarbeitertreffen mit Gebet und Infos. Sabine schüttet ihr Herz aus. Einer der Jungs, um die sie sich seit Jahren kümmert, hat bald seine Gerichtsverhandlung. Ihm ist gerade alles egal.

Es ist 12 Uhr. Die ersten Gäste erscheinen, suchen ein freundliches Gesicht, etwas Warmes zu essen und ein offenes Gespräch im Büro nebenan bei Kerzenschein. Bis der Treffpunkt um 20 Uhr schließt, hat Sabine einer Schulklasse aus ihrem Leben erzählt, einer schwangeren Jugendlichen Mut gemacht, ihr Kind zu behalten, Briefe an zwei Jungs geschrieben, die im Gefängnis sind, mit einer Frau telefoniert, die mit Depressionen kämpft, die Obdachlosen bewirtet, mit einem jungen Mann über sein

Leben gesprochen und mit ihm gebetet und noch mit verschiedenen Mitarbeitern über die Zukunft von *Stoffwechsel* geredet. Gegen 20.15 Uhr wartet ein Auto vor dem Haus, um sie zu einer Veranstaltung zu fahren, wo sie vor Interessierten sprechen wird. Unterwegs steigt sie am Bahnhof aus, um die Fahrkarte für die morgige Reise nach Hamburg zu kaufen. Dort soll sie einen Vortrag halten. Als Sabine um 23 Uhr den Tag überdenkt, war es dann irgendwie doch ein „ganz normaler Tag".

Dankbarkeit als Grundmelodie

Sabine berichtet im Rückblick auf die ganze Zeit dankbar:

„Mit meinen fast achtzig Jahren verweile ich weiter hier und bin Gott dankbar dafür, dass er ein großartiges Team hier im *Stoffwechsel* zusammengestellt hat. Seine Liebe und Kraft erfüllen uns alle für diese so wertvolle Aufgabe. Mein Wohnzimmer und Flur sind zu meinem Büro und Gästezimmer geworden. Dort finden Gespräche, Austausch und Gebet statt. Wer kommt, wenn ich auch hier bin, dem gebe ich meine volle Zuneigung. Vom Bischof über Politiker bis zu ehemaligen Knastis und natürlich auch Kinder – alle sind in Gottes Augen wertvoll.

Jeden zweiten Samstag treffen wir uns hier im Gemeinschaftskeller zu einem mit viel Liebe vorbereiteten Frauenfrühstück. So wollen wir auch den oft enttäuschten und verletzten Müttern zur Seite stehen. Wie wohltuend das für uns alle ist, ehrlich und offen über die Vergangenheit und anstehende Probleme in unserem Leben zu sprechen und so angenommen zu werden, wie wir sind. Aber wie wichtig, dann auch Hoffnung und Ziele in unser Leben zu setzen! Weiterhin bin ich viel unterwegs, halte Vorträge in Schulen, Gefängnissen und auch auf Frauenfrühstückstreffen sowie in Gemeinden."

Unruhe im *Stoffwechsel*

Doch nicht jeder Tag läuft glatt. Knafffi berichtet, was auch passieren kann und schon passiert ist:

„Der Schlüsselbund eines Mitarbeiters wurde geklaut und in der Nacht damit eingebrochen. Die Geldkassette wurde aufgeknackt und ungefähr 300 Mark entwendet. Wir vermuteten einige Kids von uns und waren ziemlich fertig. Unsere Vermutungen bestätigten sich: Es waren vier unserer Kids. Sie kamen einen Tag danach und stellten sich freiwillig und entschuldigten sich. Es war ein Wunder. Wir fanden dann eine gerechte Strafe."

Tagebuch einer Krise

Manchmal kam es zu einer richtigen Eskalation von Krisen und Konflikten. Eine dieser Krisenzeiten war im Juni 1997. Was geschah, hat Knafffi in Tagebucheinträgen festgehalten:

„11. Juni. In der letzten Nacht wurde in unserem Büro in der Martin-Luther-Str. 29 eingebrochen, der Schreibtisch durchwühlt und die ganzen Ersatzschlüssel für die gerade erst neu eingebauten Schlösser im *Stoffwechsel* geklaut. Wir sind echt enttäuscht. Auch sind wir ziemlich sicher, dass es unsere eigenen Jungs waren. Es gibt sofort Essensstopp für alle Gäste, so lange, bis sich die Täter freiwillig gestellt haben. Wir Mitarbeiter beten intensiv.

12. Juni. Die Stimmung unter den Kids ist sehr angespannt. Sie fühlen sich zu unrecht beschuldigt. Nachdem die Kids mit unserem Bus vom Sport zurückgebracht wurden, fehlt der Werkzeugkoffer aus dem Bus."

Daraufhin geht Knafffi zu ihnen, die in einer Gruppe von ungefähr fünfzehn Leuten zusammensitzen, und stellt sie erneut zur Rede:

„Natürlich war es keiner. Einige rasten total aus."

Als Knafffi danach mit Sabine und Rudi, dem Zivi, zusammensitzt, gibt es draußen einen lauten Knall. Knafffi und Rudi gehen sofort raus. Einige der Kids haben die linke Seite des neuen Busses eingetreten und zerkratzt, teilweise mit scharfen Messern umgedrehte Kreuze in den Lack eingeritzt. Knafffi dazu im Tagebuch:

„Das ist uns echt zu viel und wir sind total fertig mit den Nerven. Wir holen die Polizei und erstatten Anzeige gegen Unbekannt. Wie soll es weitergehen? – Da hilft nur eins, beten und Jesus fragen, was er tun würde. Nach dem Gebet und Rücksprache mit einigen Freunden bestätigt sich die ‚verrückte Idee', die wir haben: ein ‚Festessen' am nächsten Tag! Jesus zeigt uns, dass diese Generation ohne ihn verloren ist. Wir sollen diesen Schritt ‚auf das Wasser setzen', mit der Botschaft: Jesus ist Liebe! Wir denken an seine Wort: ‚Halte auch noch die rechte Wange hin'. Wir wollen mit seinen Waffen kämpfen: Liebe und Barmherzigkeit!

13. Juni. Wir öffnen das Café wie an jedem normalen Tag. In der Küche brutzelt das Essen. Die Kids kommen herein und fangen an, sich zu wundern. ‚Wir dachten, ihr macht jetzt überhaupt nie mehr auf.' ‚Wieso gibt es heute wieder was zu essen, das ist wohl das Abschiedsessen?'"

Keiner von den Mitarbeitern äußert sich. Die Spannung wächst. Zur gewohnten Zeit laden sie die Kids an die Tische. Die Mitarbeiter haben sich Schürzen umgebunden, und Knafffi löst „das Geheimnis" auf:

„Wir als Mitarbeiterteam sind sehr enttäuscht über die Vorkommnisse der letzten Tage – Einbruch, Diebstahl, den Bus beschädigt. Wir hoffen sehr, dass die Täter sich freiwillig dazu bekennen und sich dafür entschuldigen. Eigentlich wollten wir den *Stoffwechsel* ab sofort für eine längere Zeit schließen, aber im Gebet erkannten wir Gottes Willen, statt einer Strafe ein Festessen zu geben."

Und dann fügt er hinzu:

„Es gibt noch eine ganz wichtige Nachricht für jeden von euch: Jesus ist Liebe. Egal, was du bis jetzt in deinem Leben getan hast, er liebt dich so wie du bist. Er kann dich total verstehen und hat Interesse an dir und will dir helfen."

Dann darf sich jeder eine Spruchkarte mit einem Bibelvers nehmen. Die Kids werden wie im Restaurant bedient. Die Mitarbeiter servieren Kartoffeln, frisches Gemüse, Hähnchenkeulen und als Nachtisch Eis. Und das Beste: Es macht den Mitarbeitern unheimlich Spaß. Sie merken, dass sie wirkliche Liebe für die Kids haben.

Die Reaktionen auf dieses ungewöhnliche Verhalten sind sehr unterschiedlich:

„Einer sagte: ‚Nun sagt doch mal, was wirklich hinter dieser Aktion steckt! Wo ist der Haken?' und ‚Das soll euch Gott gesagt haben? Nee, das kann ich mir nicht vorstellen.'"

Darauf antwortet Knafffi:

„Gott hat noch ganz andere, viel genialere Dinge getan. Gott hat sein Allerliebstes für uns gegeben."

Sein Fazit:

„Dieses Festessen war vom menschlichen Standpunkt gesehen einfach eine Dummheit und pädagogisch vielleicht daneben. Aber das war in dieser Situation Gottes Antwort!"

So wurde eine Situation, die leicht die Beziehung der Stammgäste zum Mitarbeiterteam dauerhaft hätte stören können, ganz kreativ entschärft. Konfliktbewältigung im Jesus-Stil.

Stress im *Stoffwechsel*

Es war nicht das erste und nicht das letzte Mal, dass es Stress im *Stoffwechsel* gab. Und die Geschichte wäre nur halb erzählt, wenn hier ausgeblendet würde. Deshalb noch einmal eine Krise.

Es war der 19. März 1997, ein ganz normaler Tag im Café. Am Tag vorher hatten sich die Kids schon ziemlich unmöglich aufgeführt, mit Brötchen und anderen Esswaren herumgeworfen und die Stühle extra umgeschmissen. So hatte das Team beschlossen, dass am nächsten Tag einmal alle Stühle weggeräumt werden sollten, damit die Kids lernen, nicht alles selbstverständlich zu nehmen. Die Kinder kamen wie gewohnt und bekamen auch etwas zu essen, allerdings im Stehen.

Auf einmal fingen einige der Kids an, mit Brötchen auf die Mitarbeiter zu werfen. Sabine sagte: „Das geht nicht!" Das Café wurde geschlossen. Doch das war nicht das Ende. Die Kids fingen bald an, mit rohen Eiern, die sie in einem Laden geklaut hatten, auf die Fenster und Rollläden zu werfen.

Die Situation war eskaliert. Die Mitarbeiter schlossen von innen die Tür zu und begannen zu beten, mit dabei auch ein paar der erwachsenen Stammgäste. Plötzlich schellte das Telefon. Eine Gruppe aus dem Erzgebirge rief an. Sie wollten Sabine nur sagen, dass sie es toll finden, dass es *Stoffwechsel* gibt und sie hinter dem Team stehen und für sie beten. Für Sabine und alle anderen war dieser Anruf in dieser Situation wie ein persönlicher Anruf von Gott, der ihnen sagte: „Ich bin noch da! Und mir gerät nichts aus der Hand!"

Kurz danach klopfte es an der Tür. Zuerst wollte Sabine wegen der Vorfälle gar nicht hingehen. Als sie öffnete, stand da eine Frau, die nur schnell einen Umschlag abgeben wollte, als Unterstützung für die Arbeit. Darin waren 250 Mark.

Und noch ein Festessen

Es ist der 4. Dezember, im selben Jahr 1997. Von der *Dresdner Tafel* hatte *Stoffwechsel* dreißig Freikarten für den „Bürgerball" am Abend bekommen. Die Vorfreude unter den Kids war sehr groß. Das wird richtig vornehm! Doch am Abend vorher erfahren die Mitarbeiter, dass es sich um ein Missverständnis handelt und dieser Ball nur für Senioren und Obdachlose gedacht ist. Was nun? Die Mitarbeiter beschließen, einen eigenen Ball zu veranstalten, um die Kids nicht völlig zu enttäuschen. Gesagt, getan. Das Kraftwerk stellt seine Räume zur Verfügung. In einer Nacht- und Nebelaktion wird alles vorbereitet – von Musik bis

Essen. Es ist achtzehn Uhr. Die Kids kommen in ihren besten schicken und flippigen Kleidern. Eine echte Ballstimmung verbreitet sich. Zuerst kommt das gemeinsame Festessen. Danach machen Norbert, Knafffi und Steffi Livemusik zum Mitsingen und Mittanzen. Es herrscht eine Bombenstimmung. Alek und Mario spielen Schlagzeug. Im Anschluss legt Knafffi noch ein paar Scheiben zum Tanzen auf. Spontan melden sich die Mädels der *Stoffi Dance Company* und zeigen ihre einstudierten Tänze. Es wird ein wirklich gelungener Abend. Knafffi:

„Wir sind Gott total dankbar für diesen Abend; besser hätten wir ihn auch bei längerer Vorbereitungszeit nicht organisieren können. Und von uns aus wären wir auch nicht auf die Idee gekommen. Alle sind sich einig, das war erst der Anfang. Stoffi-Ball – muss sein!“

Für wen ist Café *Stoffwechsel* da?

Konflikte sind unvermeidlich, auch wenn alle in einem Team dasselbe wollen. Manche Konflikte entstehen nicht deshalb, weil einer etwas Falsches will, sondern weil man zu viel will und die Kräfte nicht reichen, weil notwendige Grenzen nicht gezogen werden.

So war es auch hier. Ein Konflikt innerhalb der Mitarbeiterschaft hatte mit der Ausichtung von *Café Stoffwechsel* zu tun. Eine Zeitlang kamen immer weniger Kinder, weil die Mütter ihre Kinder nicht mehr hineinließen. Der Grund: Einige der jugendlichen Stammgäste brachten heimlich Drogen mit.

Für Thurid war klar, hier muss eine Grenze her. Ihre Überzeugung war: Die über Sechzehnjährigen dürfen nicht mehr rein, weil sie die jüngeren Kinder negativ beeinflussen. Doch mit dieser Entscheidung war Sabine überhaupt nicht einverstanden.

Damals dachte Sabine, es wäre gut, in die Schulen zu gehen, um mehr Kinder ins *Stoffwechsel* zu holen. Doch Thurid war nicht dafür, denn sie fragte: „Was finden die Kinder denn bei uns?“

Der Konflikt spitzte sich zu. Es wurde immer deutlicher: Die wilden älteren Kinder beeinflussten die jüngeren, die wie sie werden wollten. Es war zu dieser Zeit finanziell schwierig, zwei getrennte Orte für die beiden Altersgruppen zu haben. Außerdem war ja bislang das Café ein Anlaufpunkt für alle gewesen. Doch dann beschlossen die Mitarbeiter, die Kinder in zwei Gruppen zu teilen, die Sechs- bis Zwölfjährigen, und die Zwölf- bis Sechzehnjährigen, die in andere Räume kamen. Sabine sagte mit ihrem Herzen ja, aber distanzierte sich dennoch innerlich von Thurid. Im Rückblick sagt Sabine:

„Es stimmt, ich wollte das Alte festhalten, und war nicht bereit für die notwendigen Veränderungen. Bald sah ich, dass Thurid recht hatte, und auch, dass mein Herz dagegen rebellierte."

Auch Thurid war in einer Krise. Einige Kurzzeit-Mitarbeiter sagten zu ihr: „Du hast ja gar nichts zu sagen, auch wenn du Treffpunkt-Leiterin heißt!" Und so kam sie im Sommer 2000 an den Punkt:

„Wenn sich bis Oktober nichts ändert, kann ich hier nicht mehr meine Berufung sehen."

Doch Sabine half mit, diesen Konflikt zu lösen. Sie erzählt:

„Ich sah mein Herz, und meine Rechthaberei. Das haben wir bereinigt, ich habe das vor dem Team bekannt."

So wurde die Atmosphäre wieder gereinigt.

Abschied von Café *Stoffwechsel*

Es entwickelten sich in der Folge getrennte Programmangebote für die verschiedenen Altersgruppen. Die Kidsgruppe hatte ein eigenes Programm, angefangen von Sportaktionen bis hin zu Basteln und biblischen Themen und bestimmten Nachmittagsgestaltungen. Das war alles noch in den Räumen von *Café Stoffwechsel* in der Martin-Luther-Straße 12.

„Doch dann merkten wir, dass die Räume zu klein wurden,

außerdem war die Miete teuer. So ging nach neun Jahren eine Epoche zu Ende. Das kleine gemütliche Eckcafé, das für alle offen war, war nicht mehr das Richtige. Das war ein wichtiger Schnitt für uns. Dort im Café konnten wir nicht deutlich machen, dass wir letztlich Raum für die Kinder bieten wollten. Doch hier in den neuen Häusern ging es, weil mehr Platz zur Verfügung stand. Uns war wichtig, noch einmal früher anzusetzen, bei Kindern, wo man noch die Chance hat, etwas zu verändern. Wir merkten: Die Teens und Jugendlichen waren oft schon zu festgelegt. Gott legte uns also noch einmal die Kinder aufs Herz."

Und so zog die gesamte Arbeit am 30. Januar 2002 um, aus der Martin-Luther-Straße 12 beinahe nach nebenan: in die Hausnummer 29. Natürlich nicht ohne eine große Abschiedsfeier:

„Wir haben alle Gäste noch mal eingeladen und die Veränderung richtig erklärt. Der räumliche Wechsel war gut für uns, es war nicht mehr der alte bekannte *Stoffwechsel*, sondern ein veränderter. Und mit neuen Räumen erreichten wir auch neue Zielgruppen. Und das ist bis heute so."

Dieser endgültige Umzug war der Abschluss eines langen Prozesses.

Doch jetzt sind wir in der Erzählung weit nach vorn geprescht, bis ins Jahr 2002. Wir müssen noch einmal ein Stück zurückgehen, um zu verstehen, wie sich die Arbeit in den Jahren davor entwickelte. Denn der Umzug war nur das Endergebnis eines langen Weges, in dem es zwei Zentren der Arbeit in der Dresdner Neustadt gab: Das ursprüngliche *Café Stoffwechsel* an der Ecke und das neue Zuhause, wenige Minuten entfernt. Doch das musste erst Stück für Stück erobert werden.

5 Ein neues Zuhause für Stoffwechsel

und was man dabei lernen kann

Die Vision eines Hauses

Wir sind am Anfang des Jahres 1996. Die Arbeit von *Stoffwechsel*, zu diesem Zeitpunkt weniger als drei Jahre alt, war inzwischen in alle Richtungen gewachsen. Sabine, Thurid, Knafffi und die anderen Mitarbeiter hatten Kontakt zu unzähligen Kindern und Jugendlichen und auch zu Erwachsenen bekommen. Das *Café* an der Ecke war zum Ort des Segens für viele geworden. Und doch war allen klar: Diese Örtlichkeiten waren längst zu klein. Und außerdem waren die Probleme der jungen Leute viel zu groß und lebensbestimmend, als dass sie nur durch die Arbeit im kleinen *Café* bewältigt werden konnten, egal, wie viel Liebe, Zeit, Engagement und Kraft die Mitarbeiter hineinlegten. So entstand der Wunsch nach einem Haus, in dem Jugendliche aufgenommen werden und Stück für Stück heil werden konnten.

Wieder einmal griff Sabine zum Stift und schrieb einen Brief an den Oberbürgermeister, der ihr schon einmal geholfen hatte. Er wird hier leicht gekürzt wiedergegeben:

Noch ein Brief an den Oberbürgermeister

Dresden, den 12. Februar 1996

Sehr geehrter Herr Dr. Wagner,
die Not der Jugend (Randgruppen, Punks, Straßenkinder) hat mich Januar 1993 in die Dresdner Neustadt gebracht, um ihnen hier ein zweites Zuhause anzubieten.

Das Café Stoffwechsel ist zu einem Treffpunkt für viele geworden. In den Staaten hatte ich ein großes Stück Land mit siebzehn kleinen selbst gebauten Häusern – für Jugendliche mit Drogenproblemen. Mein christlicher Glaube hat mich dazu motiviert, den Menschen durch Verständnis für ihre Situation im Leben weiterzuhelfen. Die Arbeit war erfolgreich. Die Punks, die hier in Dresden in Abrisshäusern leben, gehen weder zu ihren Eltern noch suchen sie Beziehungen bei sozialer Hilfe. Sie haben Vertrauen zu uns, da wir den christlichen Glauben hier leben und sie zu keiner Bekehrung zwingen. Wir sind dankbar für gute Erfolge im Leben vieler. Meine Mitarbeiter (ca. zwölf) sind alle ehrenamtlich hier, außer einem jungen Mann, der als Sozialarbeiter von der Stadt unterstützt wurde. …

Unser Café mit dem angeschlossenen Secondhand-Klamottenladen läuft auf Spendenbasis. Gespendete Kleider werden hier verkauft. Die Dresdner Tafel e. V. liefert uns ein-, zweimal wöchentlich Lebensmittel als Spende. So kochen wir für zirka zwanzig Menschen von Dienstag bis Freitag eine warme Mahlzeit. Dies alles läuft auf Spendenbasis. Der Bäcker uns gegenüber gibt uns seine nicht verkauften Brötchen am Abend, ein Pizzarestaurant bringt uns seine übrig gebliebenen Pizzen – und viele anderen Bürger beteiligen sich an diesem kleinen Unternehmen. So kann auch ein Gast, der kein Geld hat, Kaffee und Tee trinken und sich von den gespendeten Esswaren bedienen. Diese Arbeit ist im Glauben aufgebaut: ‚Gebt und es wird euch gegeben.'

Unsere Jugend ist in großer Not und Gefahr. Das Schlechte ist für sie anziehend. Brutalität, Drogen, sexuelle Perversion nehmen rapide zu. Letzte Woche erfuhr ich von einem Punkmädchen, dass einige von den Punks, Jungens und Mädchen ‚auf den Strich' gehen. Zuhälter kommen in die Neustadt und bieten der Jugend Drogen gegen Prostitution an. Dies war mir ein Alarmsignal. Deswegen dieser Brief, wir brauchen Hilfe. Seit fast einem Jahr beten wir für zwei Häuser in der Martin-Luther-Straße 29 und stehen in Verhandlung mit dem Liegenschaftsamt der Stadt. Ich lege einen Prospekt bei. Wir wollen diese Häuser nicht kaufen, sondern sie auf Erbpachtbasis sanieren, um dort junge Menschen aufzunehmen. Durch die Medien sind wir bekannt geworden. Reportagen über uns sind in über fünfzig Magazinen und Zeitungen erschienen und etwa vierzehn Mal waren wir im Fernsehen. Dieses hat viele Menschen dazu bewegt, innerhalb Deutschlands und natürlich auch in Dresden Interesse an dieser Arbeit zu zeigen. Sehr viele haben uns unterstützt und wollen das tun. Facharbeiter aus verschiedenen Kirchen wollen selbst ehrenamtlich mitmachen, ebenso Jugendliche aus christlichen Gemeinden, CVJM etc. Auch unsere Gäste, Punks, Arbeitslose und Kinder wollen mitmachen. …

Unsere Hoffnung ist, dass der Stoffwechsel und später die Wohnhäuser zuerst einmal Menschen auffangen, die nach Gerechtigkeit und Wahrheit suchen, also aus der Dunkelheit herauskommen wollen. Später erhoffen wir vielleicht außerhalb der Stadt einen alten Bauernhof oder Mühle oder aber Burg zu erhalten zum Sanieren. Natur ist heilend, und ich glaube, dass junge Menschen den Abstand von dem Stadtleben brauchen. …

Ich würde mich freuen, wenn ich mit Ihnen oder Ihrer Frau über das Thema ‚Dresdner Neustadt' sprechen könnte.

Mit freundlichen Grüßen
Sabine Ball

Aus dieser Zeit stammt auch eine Darstellung von Knafffi, in der er Rechenschaft über die Arbeit ablegt und die Vision dieses Hauses darstellt. Hier einige Auszüge daraus:

„Der *Stoffwechsel* hat folgende Arbeitsbereiche: Treffpunkt *Stoffwechsel*, Öffnungszeiten: Dienstag bis Freitag 12 bis 20 Uhr, Samstag 10 bis 15 Uhr. Daneben der Secondhand-Laden, die Kreativwerkstatt und das im Entstehen begriffene Wohnprojekt.

Der Treffpunkt *Stoffwechsel* ist eine offene Jugend- bzw. Jugendsozialarbeit, die vorrangig von sozial benachteiligten Jugendlichen genutzt wird. Zum Angebot gehören Mahlzeiten und Kaffee, die gegen freiwillige Spenden abgegeben werden. Für den Cafébetrieb steht ein Raum mit vier Tischen und zirka zwanzig Sitzplätzen zur Verfügung, dazu gehören eine kleine Küche und eine Toilette. Angrenzend an den Caféraum ist ein Büro, das für Mitarbeiterbesprechungen und Gespräche mit einzelnen Gästen genutzt werden kann.

Im angrenzenden Secondhand-Laden werden Kleidungsstücke verkauft, die zu diesem Zweck gespendet werden. Dieser Laden bietet einerseits Möglichkeiten für die Jugendlichen, Eindrücke über den Arbeitsbereich Verkauf zu gewinnen, andererseits trägt der Erlös zur Finanzierung der gesamten Arbeit bei.

Motivation und Zielsetzung

Motivation und Zielsetzung der Arbeit des *Stoffwechsel* kommen aus dem Glauben an Jesus Christus, der die Mitarbeiter verbindet. Sie haben in ihrem eigenen Leben erfahren, dass ein Leben im Glauben Menschen von Grund auf erneuern kann, und glauben, dass Jesus gerade an denen ein liebendes Interesse hat, die am Rande der Gesellschaft stehen.

Diese Glaubenshaltung hat Auswirkungen auf das Menschenbild, das der Arbeit zugrunde liegt, und somit auf den Umgang mit den Menschen. In der praktischen Arbeit heißt das, dass den Gästen im Café *Stoffwechsel* die Liebe Gottes, zu der sie im Moment keinen Zugang haben, erlebbar gemacht werden soll. Das heißt, dass sie von den Mitarbeitern bedingungslos angenommen sind und spüren können, dass sie liebenswerte Persönlichkeiten sind. Das heißt selbstverständlich nicht, dass alles gutgeheißen wird, was sie tun, vielmehr ist es gerade nötig, auch Grenzen zu setzen. Wie aus der Motivation und Zielsetzung sichtbar wird, sind die Mitarbeiter im *Stoffwechsel* tätig, weil sie sich von Gott dorthin gestellt wissen.

Zielgruppe

Das Angebot im Treffpunkt spricht vor allem sozial benachteiligte Jugendliche im Alter von vierzehn bis achtzehn Jahren an. Der überwiegende Teil von ihnen kommt aus zerrütteten Elternhäusern, häufig sind es „Patchworkfamilien", der Alkohol spielt oft eine große Rolle, Gewalterfahrungen prägen das Miteinander. Soziale und psychische Defizite werden bei vielen dieser Jugendlichen im Café sichtbar. Eine Lebensperspektive zu entwickeln, stellt für die meisten von ihnen eine Überforderung dar, ihre Einstellung ist eher passiv. Die meisten von ihnen besuchen die Schule nur sporadisch oder gar nicht bzw. gehen keiner Ausbildung oder geregelten Arbeit nach. Ihr bisheriges Leben ist von vielerlei Misserfolgen geprägt. Viele der Jugendlichen sind nur schwer in der Lage, ihre Fähigkeiten und Grenzen realistisch einzuschätzen und dementsprechende Ziele zu verfolgen. Einige sind bereits mit dem Gesetz in Konflikt geraten bzw. haben eine Gefängnisstrafe abgesessen. Der Missbrauch von Alkohol, Nikotin, Cannabisprodukten oder anderen Drogen gehört zu ihren Bewältigungsmustern. Die Beziehung zur Herkunftsfamilie ist oft stark gestört, die Clique wird zur Ersatzfamilie und verfolgt ihre eigenen Moral- und Beziehungsmuster. Manche der Jugendlichen leben in betreuten Wohnformen, andere sind bei Bekannten untergeschlüpft, übernachten teilweise auf der Straße, in Abrisshäusern, zu Hause oder pendeln zwischen den verschiedenen Orten.

Die Idee – Wohnprojekt

Durch die Arbeit seit April 1993 bekamen wir einen tieferen Einblick in die Probleme der Jugendlichen unserer Stadt. Die zunehmende soziale Entwurzelung, die zerrütteten Familien und das unsichere Wohnumfeld führen bei den Jugendlichen zu einer Orientierungslosigkeit und wachsenden Unfähigkeit zur Bewältigung ihres Lebens. Auf Grund dieser Probleme sahen wir den dringenden Bedarf, den Jugendlichen über die Möglichkeiten des Treffpunkts hinaus umfassender zu helfen. So entstand Anfang 1994 die Idee, in der äußeren Neustadt für diese sozial benachteiligten Jugendlichen ein betreutes Wohnprojekt aufzubauen. Wir hoffen, ihnen durch ein gemeinschaftliches, familiäres Miteinanderwohnen, d.h. durch die zeitweise Herauslösung aus ihrem Problemkreis, umfassend helfen zu können. Wir wollen den Jugendlichen Anschluss an das soziale Leben geben und zu einer selbstständigen Lebensbewältigung verhelfen. Außerdem sollten sie schon in den Aufbauprozess integriert werden, sollten lernen, gemeinsam zu arbeiten, Werte zu schaffen und zu achten, und auch Vertrauen in die eigene Leistungsfähigkeit bekommen.

Die Suche

Die Idee und der feste Wille, ein Wohnprojekt aufzubauen, waren da. Es begann ein langer Prozess. Vor allem Sabine Ball sprach in ihren vielen Kontakten und Gesprächen mit den verschiedensten Leuten die Idee mit dem Wohnprojekt und der Suche nach dem geeigneten Objekt an. Im Frühjahr 1994 erzählte uns ein Bewohner des Vorderhauses der Martin-Luther-Str. 29, etwa zweihundert Meter vom Treffpunkt *Stoffwechsel* entfernt, dass das Hinterhaus seit vielen Jahren leer steht. Er und die Bewohner des Vorderhauses würden es sich wünschen, wenn wir als *Stoffwechsel* irgendein Projekt aufbauen würden. Sabine Ball war begeistert. Das Haus war einfach ideal für ein

Wohnprojekt – unbewohnt, verhältnismäßig guter Zustand, nicht zu groß und ruhig. Wie bei sehr vielen Grundstücken der Neustadt lief ein Verfahren auf Rückübertragung. Wir wussten also nicht, wem es genau gehört. Also suchten wir weiter und gingen verschiedene Wege. Doch all diese Bemühungen hatten keinen Erfolg.

Im Dezember 1995 stellten wir nach Rücksprache mit einigen Freunden und Förderern unserer Arbeit beim Liegenschaftsamt der Stadt Dresden den Antrag auf Verleihung eines Erbbaurechtes für die Martin-Luther-Straße 29.

Anfang 1996 hatte Sabine Ball ein sehr einschneidendes Erlebnis. Zu ihr kam ein siebzehnjähriges Mädchen und berichtete, dass ihr Freund seinen Körper verkauft, Drogen nimmt und sonst in Abrisshäusern schläft. Das berührte Sabines Herz so, dass sie sah, dass wir dringend für diese Jugendlichen etwas tun müssen. Sie setzte sich noch am selben Tag hin und schrieb an den Oberbürgermeister Dr. Herbert Wagner einen handschriftlichen Brief, schilderte ihm diese Not und unsere Idee, mit einem Wohnprojekt zu helfen. Sie bat ihn um einen Gesprächstermin. Der Oberbürgermeister schrieb daraufhin zurück und lud sie ein.

So fand am 14. März 1996 ein Treffen zwischen Vertretern der Landeshauptstadt Dresden und unserem Verein statt. Es war ein offenes Gespräch über die Not der Kinder und Jugendlichen unserer Stadt. Bei diesem Treffen wurden uns die zwei Häuser des von uns bevorzugten Grundstückes Martin-Luther-Straße 29 zur Erbbaupacht angeboten. Für uns als *Stoffwechsel* e.V. ein bedeutender Tag und eine große Freude! Wir sind Gott sehr dankbar und sehen darin seine Führung.

Nach einer Vorbereitungszeit von sieben Monaten konnte dann am 2. Oktober 1996 der Erbbaupachtvertrag unterschrieben werden. Dadurch ging das Grundstück für fünfzig Jahre in unseren Besitz über.

Finanzielle Voraussetzungen

Eins stand schon von Anfang an fest: Das Wohnprojekt sollte nicht mit Fördermitteln oder Bankkrediten, sondern ausschließlich über Spenden finanziert und aufgebaut werden. Wir wollten die Stadt Dresden, die ja meistens auch knapp bei Kasse ist, nicht belasten. Vielmehr sollte dieses Wohnprojekt Menschen, die ein Herz für die verlorenen Jugendlichen haben, eine Möglichkeit bieten, auf ganz unterschiedliche Art und Weise direkt etwas gegen die Not in unserer Stadt tun. Vor allem sollten auch Christen unterschiedlicher Konfessionen gemeinsam an dieser Stelle ihren Glauben praktizieren. Dabei waren die Möglichkeiten sehr vielfältig, wie z. B. Geldspenden, Materialspenden, Arbeitsleistungen, etc.

Personelle Vorraussetzungen

Kurze Zeit nach dem Gespräch beim Oberbürgermeister meldete sich die Verantwortliche für Arbeitsbeschaffungsmaßnahmen vom Arbeitsamt Dresden bei uns. Sie hatte in der Presse über unser Projekt gelesen, war begeistert und wollte uns nach ihren Möglichkeiten unterstützen. So bot sie uns an, ABM-Stellen einzurichten, um einerseits Arbeitslose zu beschäftigen und andererseits das Wohnprojekt aufzubauen. Wir waren froh darüber, und so fing zum 1. Juni 1996 die erste Arbeits-Beschaffungs-Maßnahme mit vier Kräften an. Schon im Juni konnten wir mit einer Sondergenehmigung des Liegenschaftsamtes noch vor dem Abschluss des Erbbaupachtvertrages im Oktober mit den ersten Aufräum- und Entrümpelungsarbeiten beginnen."

Soweit der Bericht von Knafffi 1999. Es stimmt: Alles, was das Projekt benötigte, wurde häufig ganz punktgenau geliefert. Es war spürbar, dass hier eine höhere Instanz ihre Hand mit im Spiel hatte.

Steffen: Die gute Seele der Häuser

Bei allem Bauen und Renovieren in der Folgezeit war immer klar: Es geht letztlich nicht um Häuser, sondern immer um Menschen. Einer davon ist Steffen Glaser. Sabine Ball berichtet über ihn:

„Steffen kam gleich von Anfang an in unser Café. Er war vierunddreißig Jahre alt, einfach angezogen, ruhig, trank seinen Kaffee und beobachtete. Er blieb ab und zu am Donnerstag zu der Bibelstunde, schüttelte dann aber einmal energisch seinen Kopf und sagte: ‚Nee, das ist nichts für mich, erinnert mich zu sehr an die Zeugen Jehovas.' Aber er blieb weiter unser Gast. Eines Tages half er uns in der Küche, den Wasserhahn zu reparieren. Ihm fehlte ein Werkzeug. Einer der Gäste rief: ‚Ich lauf schnell rüber über den Platz, ich weiß wo Steffen wohnt, und hole das Werkzeug.' Daraufhin sagte ich: ‚Dann gehe ich mit dir mit.' Die Tür zu Steffens Wohnung war offen. Was wir nun erlebten, übertraf alle meine Vorstellungen: Der Flur des Wohnzimmers bis hin zum Schlafzimmer – alles war voll mit Hunderten und Aberhunderten von Bier- und Weinflaschen sowie Büchsen; ein totales Chaos. Wasser und Elektrizität waren abgestellt, die Miete von zwei Jahren nicht bezahlt. Wieder im Café konfrontierte ich dann Steffen und sagte: ‚Steffen, du brauchst Hilfe. Ich muss mir dir reden.' Wir sprachen offen über das Problem und einigten uns dann, dass Steffen in meine Wohnung neben dem Café *Stoffwechsel*, die ich zusätzlich angemietet hatte, zog. Ich selbst blieb im Büro, wo eine Schlafkoje eingebaut war. Von dort aus konnte ich von meinem Bett den ganzen Martin-Luther-Platz übersehen, auf dem sich unsere Straßenkids abends aufhielten. Wir fanden dann für Steffen einen Platz in einer Klinik und er willigte ein, dort eine Entziehungskur zu machen. In der Zwischenzeit entrümpelten wir seine Wohnung, natürlich mit seiner Erlaubnis. Ich verhandelte mit seinem Hausbesitzer über die zweijährigen Mietschulden. Es war für uns ein ganz besonderer Segen, dass der Vermieter die Schulden großzügig erließ, da er selbst einmal Alkoholprobleme gehabt hatte und sich über Steffens Erfolg richtig freute."

Wie war der Kontakt überhaupt zustande gekommen? Steffen ist ein echter Dresdner. Im Februar 1960 geboren, lernte er Galvaniseur und Fliesenleger. Sein Vater war SED-Parteigenosse und Abteilungsleiter der Kamerawerke Pentacon. Steffen, das einzige Kind, war der Rebell. Vor der Wende zog er auf den Lutherplatz, Hausnummer 11. Er war alkohol- und drogenabhängig und holte sich im Schnapsladen an der Ecke seinen Schnaps. Steffen war ein Spiegeltrinker, das heißt, er war nie so betrunken, dass er arbeitsunfähig war, aber ohne Alkohol lief nichts.

Doch eines Tages stand Sabine Ball in diesem ehemaligen Schnapsladen. Steffen wollte nichts mit dem christlichen Glauben zu tun haben. Er hatte schon einmal ein Jahr lang Kontakt mit den „Zeugen Jehovas" gehabt, dann wurde ihm deren Leistungsreligion zu stressig. Doch der Ausstieg war nicht einfach. Die „Zeugen" besuchten ihn immer wieder.

Als Steffen 1993 Sabine Ball kennen lernte, fing nach und nach etwas Neues in seinem Leben an:

„Eines Tages sprach Gott auf dem Bau zu mir und sagte, ich sollte aufhören mit Alkohol trinken."

Steffen ging zu Sabine. Er erzählt:

„Da habe ich mein Leben Jesus übergeben, und Jesus hat mich freigesetzt vom Alkohol."

Mit der Beziehung zu Gott und der inneren Unabhängigkeit gegenüber Alkohol fing eine neue Zeit für Steffen an:

„Sofort fiel was ab von mir, als ob ein Rucksack von hinten runterfällt, es war weg. Ich habe seitdem nicht mehr getrunken, auch keinen Kuchen oder Schokolade mit Alkohol gegessen, und habe auch kein Verlangen danach."

Von Dresden nach Österreich und zurück

Steffen wollte sein Leben noch weiter ordnen. Er ging auf eine Bibelschule nach Wels in Oberösterreich. Als er ankam, hatte er nur sechzig Mark, doch bekam er eine Arbeit in einem christlichen Buchladen. Zwei Jahr blieb er dort. Der Höhepunkt war für ihn, dass er Maria kennen lernte, die aus Linz stammt. Steffen und Maria heirateten in Wels. Gemeinsam kamen sie nach Dresden zurück, um ehrenamtlich in der Gemeinde Kraftwerk mitzuarbeiten. Steffen bekam bei seiner alten Firma wieder einen Job. Sein Chef hatte ihn die ganze Zeit hindurch nicht entlassen. Seit 2001 arbeitet er beim *Stoffwechsel*, zuerst in einer Arbeits-Beschaffungs-Maßnahme, seit 2002 als vollzeitlicher Mitarbeiter. Er ist der Mann für alle Fälle und macht wirklich alles: Service, Bauen, Sabine fahren, Computerbetreuung, Video-Bearbeitung. Steffen hat einen eigenen Spenderkreis. Für Steffen ist *Stoffwechsel* ein Modell, von dem andere lernen können. Ihm ist wichtig, dass gelebte Gemeinschaft die Basis für alles bildet.

Das Wunder eines neuen Lebens

Steffens ganzes Leben wurde neu. Im Rückblick sagt er:

„Das Vermüllen hatte mit Alkohol zu tun, auch damit, dass ich keinen Sinn mehr im Leben gesehen hatte."

Steffen hat viele Wunder erlebt. Seine kaputten Nieren wurden von Gott geheilt. Seine Leber ist trotz zwanzig Jahren Dauertrinken in Ordnung, und seine Lungen nach über dreißig Jahren Rauchen, zwei Schachteln pro Tag, ebenfalls.

Steffens Mutter, die am Anfang sehr skeptisch war, ist begeistert über seine Entwicklung. Auch seine ehemaligen Kumpels sehen die Veränderung, dass er wirklich vom Alkohol weggekommen ist, und dass Gebet etwas Reales ist.

Sabine schätzt Steffen sehr. Sie sieht bei ihm ein seltenes Durchhaltevermögen, sei es im Bezug auf Alkohol, oder dabei, Gottes Wege zu lernen.

„Steffen ist ein Mensch, der über die Dinge nachdenkt, und der gleichzeitig einfach ist. Was er erkennt, geht ihm ins Herz und bringt Veränderung in sein Leben. Es ist großartig, dass wir ihn hier als Bruder und Freund haben. Er ist so talentiert, und was er macht, ist gut."

Sich selbst sieht Steffen langfristig im *Stoffwechsel*:

„Ich sehe mich hierhin berufen. Ich arbeite hier gern mit. Unsere Botschaft ist, benachteiligten Menschen, nicht nur Kids oder Teenies, zu helfen und sie mit der Güte und Gnade Gottes vertraut zu machen. Und ein Knotenpunkt und Anlaufpunkt für andere Gemeinden zu sein.

Mein Leben ist reicher geworden, weil ich lernen musste, mit den unterschiedlichsten Menschen auszukommen und ihre Meinungen, Lebensweise und Charaktere zu akzeptieren. Meine Hoffnung ist, dass die Kinder und Jugendlichen Jesus kennen lernen und begreifen, dass es für sie noch Hoffnung gibt. Dass sie ihr Leben nicht wegschmeißen mit Alkohol oder Drogen, wie ich es zum Teil gemacht habe. Das Leben hat viel mehr zu geben, als sie sich je vorstellen können."

Arno: Ein Wegbegleiter

Der erste Kontakt zwischen Sabine Ball und Arno Jordan entstand auf einer Beerdigung:

„Ein sehr enger Freund von mir war Anführer einer Motorradrockergruppe namens „Wild Devils" (Name geändert). Er wurde in einer Schießerei getötet, und bei seiner Beerdigung habe ich Sabine an seinem Grab das erste Mal getroffen. Ich hatte mich mit vierzehn Jahren bei einer Evangelisation bekehrt. Mein Vater, der bis dahin ein sehr verschlossener und strenger Mensch war, hat sich dort auch neu zu Gott hingewendet. Er veränderte sich total, eines Morgens kam er an mein Bett und sagte mir, dass er mich lieb hat. Das war das erste Mal, dass ich das aus seinem Mund zu hören bekam. Ich war total begeistert.

Mein Vater fing an, sich um bedürftige Menschen zu kümmern und erzählte vielen von Jesus. Ich war richtig stolz auf ihn. Als ich eines Abends von einem Gebetstreffen im Teekeller nach Hause kam, saßen unser damaliger Pastor, meine Mutter und die Brüder meines Vaters bei uns im Wohnzimmer und sagten mir, dass sie meinen Vater in die geschlossene psychiatrische Anstalt gebracht hatten. Heute weiß ich, dass das nötig war. Doch damals brach für mich eine Welt zusammen.

1993 verließ mich meine langjährige Lebensgefährtin wegen meiner Drogensucht. Irgendwie hab ich da nach langer Zeit noch mal zu Gott geschrien und bin Knafffi über den Weg gelaufen. Der brachte mich zu Sabine. Nachdem sie für mich betete, hat Gott angefangen, mein Leben völlig zu verändern."

Die Auswirkungen dieses Gebets mit Sabine waren bald spürbar. Um Arno herum wuchs bald eine Gemeinde, das Kraftwerk.

„Diese Gemeinde ist praktisch nach meiner Bekehrung in meiner Wohnung entstanden. Ich war auch als Lobpreisleiter und Vorstandsmitglied sehr eng mit ihr verbunden. Eine lange Segensgeschichte begann."

Doch dann gab es Probleme in der Gemeinde:

„Da ich von Anfang dabei gewesen war, hat das sehr weh getan. In diesem Prozess bin ich Gott unendlich dankbar, dass Sabine und Knafffi uns mit Rat, Gebet und liebevoller Ermahnung zur Seite stehen. Ich wünsche mir, dass ich Jesus mehr und mehr in mir Chef sein lassen kann. Dass wir die Überzeugungskraft echter, täglich gelebter christlicher Gemeinschaft zurückgewinnen, damit die wertvollen Leute in unserer Umgebung, die so wie ich früher im Dreck stecken, neue Hoffnung schöpfen und an unserer Liebe untereinander erkennen, dass es einen Sinn im Leben gibt, der alles neu machen kann."

Arno ist dankbar gegenüber *Stoffwechsel.* Sein Fazit nach einer über zehnjährigen gemeinsamen Geschichte:

„Danke Sabine, danke Knafffi. Danke Jesus."

Bauen und Erneuern auf allen Ebenen

Stück für Stück wurden die Häuser in der Martin-Luther-Straße 29 umgebaut, saniert und renoviert. Und gleichzeitig ereigneten sich bei vielen Einzelnen geistliche Prozesse, die ganz ähnlich waren wie Häuserbauen: Abriss und Aufbau, Sanierung und Renovierung. Es waren unzählige Mitarbeiter, Praktikanten, ABM-er, freiwillige Helfer, Kids und Jugendliche und viele andere, die auf der scheinbar nie enden wollenden Gesamtbaustelle im Lauf der Jahre mithalfen. Und indem sie die Häuser gestalteten, wurde auch in ihnen etwas umgestaltet. Denn gemeinsame Arbeit ist die beste Lebensschule, die es geben kann. So war durch die Mithilfe vieler ein neuer Stützpunkt für die Arbeit von *Stoffwechsel* entstanden, gerade mal zwei, drei Minuten Fußweg vom *Café* an der Ecke entfernt.

Am Ende des Jahres 1997 zogen die ersten Mitarbeiter ins Hinterhaus ein. Die sechs Wohneinheiten waren fertig. Danach wurde der Keller als Gemeinschaftsraum ausgebaut. Und parallel ging es los mit der Sanierung des Vorderhauses, wo im Erdgeschoss der „Stoffi-Treff“ eingerichtet werden sollte. In den vier Wohnungen im ersten und zweiten Obergeschoss sollten Familien einziehen, die Jugendliche als Pflegekinder aufnehmen. Und in sämtlichen Mansarden sollte betreutes Wohnen in einer Familie entstehen. Die Fertigstellung des Hinterhauses dauerte dreieinhalb Jahre und war ein wichtiger Meilenstein im Bemühen um ganzheitliche Hilfe. Viel Arbeit, viel Zeit und viel Geld waren dort hineingeflossen.

Ein mutiger Entschluss

So war es nicht leicht, nach einiger Zeit einen bewussten Richtungswechsel vorzunehmen. Sabine, Knafffi und die anderen Verantwortlichen mussten erkennen, dass sich das geplante Wohnprojekt an diesem Ort nicht durchführen ließ. Die Lage der Häuser mitten in der Neustadt und die damit gegebene Nähe zum alten Milieu bewirkten, dass für die mitwohnenden Jugendlichen keine erfolgreiche Neuorientierung möglich war. Die Gefahr, in die alte Szene abzutauchen und wieder in alte Verhaltensmuster zu rutschen, war zu groß.

Doch aufgeschoben ist nicht aufgehoben. Der Wunsch, durch gemeinsames, betreutes Wohnen Jugendlichen ganzheitlich eine neue Lebenschance zu geben, lebt nach wie vor. Fast bei jedem Gespräch hörte ich von der Hoffnung, dass das einstweilen beerdigte „Wohnprojekt" in anderer Form später wieder auferstehen wird. So betet das Team für einen Ort auf dem Land, ein Bauernhof, ein Schloss oder eine alte Mühle, wo diese Arbeit – außerhalb der Stadt – möglich wird.

Also gab es jetzt eine Planänderung. In den Wohnungen in der Martin-Luther-Straße 29 wohnen jetzt die vollzeitlichen Mitarbeiter gemeinsam unter einem Dach. So sind die Häuser sozusagen das Basislager für *Stoffwechsel*. Und die gelebte Gemeinschaft strahlt wiederum auf die Gesamtarbeit aus und stärkt den Zusammenhalt untereinander und die Effektivität nach außen.

Eine tapfere Entscheidung

In diesem Zusammenhang trafen die leitenden Mitarbeiter am 13. Juni 2002 eine weitere wegweisende Entscheidung. Sie beschlossen, die für den Ausbau des Vorderhauses erhaltenen staatlichen Fördermittel zurückzuzahlen. Der Umbau hatte vier Jahre gedauert. Das Hinterhaus war allein mit Spenden umgebaut worden.

Diese Entscheidung hatte zwei Gründe. Erstens wurde Sabine, Knafffi und Norbert klar, dass es für sie geistlich nicht der beste Weg war, sich so von öffentlicher Unterstützung abhängig zu machen. Sie erinnerten sich an ihre Wurzeln, die Erwartung, dass Gott sie mit allem versorgt, was sie brauchen.

Und zweitens war ihnen deutlich, dass sie keine Abhängigkeiten aufbauen wollten, und unter Umständen ohne die staatlichen Auflagen auch besser und flexibler auf manche soziale Bedürfnisse reagieren konnten. Sie wollten in ihrem Handeln unabhängig bleiben.

So stand dieser Entschluss der Verantwortlichen, obwohl manche Mitarbeiter es auch anders sahen. Sie sprachen mit der Stadt, und vereinbarten, diese Summe Schritt für Schritt in einzelnen Raten zurück zu zahlen. Diese nicht ganz leichte Entscheidung erfüllte sie mit Freude, weil sie dadurch wieder in die alte Linie gekommen waren, die Arbeit ganz im Vertrauen darauf zu führen, dass Gott sie versorgt. Und übrigens: „Nebenbei“ lief die Arbeit auf allen Ebenen unvermindert weiter. Immer wieder reagierten die Mitarbeiter auf die Not der Stunde.

Die neue Kreativwerkstatt

„Darf ich bei euch mitarbeiten? Ich geh sonst bloß wieder aus Langeweile klauen." Diese oft gehörte Bitte führte zu der Idee, im Erdgeschoss des Vorderhauses eine Fahrradwerkstatt einzurichten. Dabei sollen Jugendliche und junge Erwachsene, die mit dem Gesetz in Konflikt geraten sind oder einfach in der Arbeitswelt nicht zurechtkommen, angeleitet und gefördert werden. Und wieder einmal halfen viele mit: Die Werkstatteinrichtung und viele Fahrräder wurden gespendet.

Schließlich wurde aus der Idee einer Fahrradwerkstatt eine allgemeine Kreativwerkstatt, in der viele verschiedene handwerkliche Fähigkeiten eingeübt werden können. Der damalige Leiter, Samuel Schüßler, der schon während seines Anerkennungsjahres in dieser Werkstatt arbeitete, berichtet:

„Ich bin dankbar für die vielen persönlichen Beziehungen zu den Kindern, die während meinem Anerkennungsjahr im *Stoffi* gewachsen sind. Bei den vielen kreativen Angeboten, z.B. Pinnbaum bauen, Holzkulis basteln usw., zeigten sich die Begabungen der Kinder genauso wie der Mangel an Erfahrungen im Umgang mit Material und Werkzeug. Mit der Kreativwerkstatt sollen sie besser und intensiver ihre Gaben und Fähigkeiten entdecken und entfalten können. Damit eröffnen sich Chancen, die Beziehungsarbeit zu intensivieren und die Kids kreativ zu fördern."

Der Teenietreff findet eine neue alte Heimat

Inzwischen war das alte *Café Stoffwechsel* geschlossen und die ganze Arbeit hatte sich in die neuen Häuser verlagert. Im Vorderhaus trafen sich die Jüngeren und die Älteren in unterschiedlichen Räumen, wie erwähnt.

Spätestens Anfang 2003 wurde der Raum für den Teenietreff mit seinen zehn bis zwölf Quadratmetern zu eng. Und so gab es wieder einen neuen Aufbruch. Das alte *Café Stoffwechsel* an der Martin-Luther-Str. 12 hatte eine Zeit lang leer gestanden. Wäre das ein Ort für die Teens? Es gelang: *Stoffwechsel* mietete seine alten Räume neu an, diesmal um einiges preiswerter als in früheren Jahren. Das war am 23. April 2004, genau einen Tag vor dem elften Geburtstag der Arbeit. Nach einer Renovierungsphase gemeinsam mit dem Jugendlichen konnte dann am 1. Oktober 2004 der neue alte Stoffi-Teenietreff im Laden an der Ecke mit einer Feier eröffnet werden.

Stoffwechsel auf der Straße

Doch die Arbeit von *Stoffwechsel* war und ist nicht auf die Häuser beschränkt. Immer wieder zieht es die bunte Truppe auch auf die Straße zu kreativen Aktionen. Eine davon war der *Jesus Love Convoy,* ein fröhlicher Umzug gemeinsam mit vielen anderen jungen Christen. Die Sächsische Zeitung berichtet:

„Als Novum im neunten Neustädter Straßenfest zogen rund

zweitausend junge Christen aus ganz Deutschland durch die Straßen und legten unkonventionell Zeugnis ihres Glaubens ab. Ähnlich der Love Parade in Berlin wurde von LKWs Musik gespielt und dazu auf den Straßen getanzt. Mit Sätzen wie ‚Jesus ist total scharf auf dich!' unterbrach der DJ sein musikalisches Programm." (Sächsische Zeitung vom 22. Juni 1998)

Die Kids vom *Stoffwechsel* waren voll dabei. Steffi und Nicole tanzten auf dem ersten Lastwagen, während Ralf Knauthe als „dj.Knafffi" ordentlich einheizte. Die Stoffi-Kids hatten fetzige Transparente gesprüht und gemalt, die auf dem Konvoi unübersehbar waren.

Praktische Hilfe – Dresden, Odessa und Sobieszewo

Als im August 2002 bei der „Jahrhundertflut" der Elbpegel über seine historische Höchstmarke stieg, die Nebenflüsse unaufhaltsam über die Ufer traten und ganze Dörfer überflutet wurden, überlegten die *Stoffwechsel*-Mitarbeiter, wie sie konkret helfen könnten. Wie viele andere zogen sie spontan los, am Anfang mit Schippe und Sandsack und auch mit tröstenden Worten. Dann mit Kinderprogrammen in den am stärksten betroffenen Gebieten Dohna, Schlottwitz und Pirna. Und zuletzt durch finanzielle Hilfe, indem sie einen Spendenfond für Flutopfer einrichteten und das Geld Betroffenen direkt zukommen ließen.

Aber auch an anderen Stellen halfen die Jugendlichen und Mitarbeiter mit. So fuhr im Juli 2001 ein Team nach Odessa in der Ukraine, mit Zwischenstopp in Auschwitz, um eine dortige Straßenkinderarbeit zu unterstützen:

„Das war ein erster Versuch, mit Jugendlichen aus dem Treffpunkt in den ehemaligen Ostblock zu fahren. Zum einen, um diesen Ländern Gutes zu tun, und zum anderen, um unseren

Kids die Erfahrung zu geben, dass sie gebraucht und nützlich sind und um ihren Blick für Ausländer gerade zu rücken.“

Ein Jahr später wurde dieser Einsatz in Odessa wiederholt.

Auch nach Polen gibt es Beziehungen. Schon im Jahr 1998, bevor er bei *Stoffwechsel* vollzeitig einstieg, hatte Albrecht Herzog alias Alwe die Idee, im polnischen Ort Laski einen Spielplatz für blinde Kinder zu bauen – zwei Jahre später konnte der Plan unter seiner Leitung realisiert werden. Auf Einladung der polnischen Partner fuhr dann im Jahr 2004 ein Team von fünf Teens und drei Mitarbeitern aus dem *Stoffwechsel* nach Sobieszewo bei Danzig, um auch dort gemeinsam mit vielen anderen polnischen und deutschen Jugendlichen einen solchen Blinden gerechten Spielplatz zu bauen. Auch das war eine positive Erfahrung für die Jugendlichen, die durch diese für sie ganz neuen Auslandserfahrungen ihren Horizont erweitern konnten.

6 Ein neuer Zweig am Stoffwechsel-Baum

und wie Gott Menschen verbindet

Die Geschichte der Ausweitung der *Stoffwechsel*-Arbeit war mit dem Umzug in die neuen Häuser noch längst nicht am Ende. Fast unbemerkt hatte sich eine neue Entwicklung angebahnt, die sich Stück für Stück zu einem eigenständigen und dennoch eng verbundenen Zweig am *Stoffwechsel*-Baum auswachsen sollte: der Kinderclub in Pieschen, einem anderen Dresdner Stadtteil. Und das kam so:

Die Schlüsselperson: Norbert Binder

Gott meint es gut mit *Stoffwechsel.* Das sieht man, wenn man die Mitarbeiter anschaut. Einer, der ein echtes Geschenk ist, ist Norbert Binder. Ein geborener Schwabe, 1969 in Waiblingen, wohnt er mit seiner Frau Naemi seit 1993 in Sachsen. Naemi ist Familienpflegerin, Norbert hat eine Ausbildung zum Industriekaufmann, verbrachte danach ein Jahr bei der Jugendorganisation Wort des Lebens im Staat New York und ging dann zur theologischen Ausbildung auf die Bibelschule Brake.

Zusammen wollten Norbert und Naemi nach Ostdeutschland gehen und dort missionarisch unter jungen Leuten arbeiten. So kam Norbert nach Dresden in ein Gemeindegründungsteam der Mennoniten. Dort arbeitete er als Jugendpastor von 1993-95 und wechselte danach zur *Kneipe Kraftwerk,* die er 1995-97 leitete. Im Lauf der Zeit wuchs die Familie, 1994 wurde

Dina geboren, dann 1996 Julia und Tobias 2001. Nach 1999 wurde Norbert vertretungsweise Pastor der Mennoniten-Gemeinde und leitete nebenher einen Kinderchor und einen Jugendchor in der evangelischen Kirche. In allem unterstützte Naemi ihn tatkräftig.

Doch sein Herz kam trotz dieser vielen Arbeit nicht zu Ruhe. Er musste noch näher herankommen an die Kinder, die die Botschaft des Evangeliums so nötig hatten. Er musste sich noch etwas einfallen lassen, um sie zu erreichen. So fing er 1998 gemeinsam mit ein paar Leuten aus der Mennoniten-Gemeinde mit einem Kinderclub an.

Kinderclub in Pieschen – wie es anfing

Doch die Wurzeln dafür gab es schon ein paar Jahre früher. In seiner Arbeit in der Kraftwerk-Kneipe hatte Norbert Kontakt mit Jugendlichen bekommen, die schon in tiefen Problemen steckten. Viele waren überschuldet und hatten nicht gelernt zu arbeiten.

Er sagte sich: Eigentlich muss man mit den Kindern anfangen. So startete er mehrere Versuche, aber es klappte nicht auf Anhieb. Isabel, ein Mädchen aus dem Jugendkreis der Mennoniten, hatte ein halbes Jahr in einem Schulteam von Operation Mobilisation in England mitgearbeitet. Sie kam begeistert zurück: „Wir müssen was machen!" Norbert sprang drauf an. So fingen sie 1998 mit Freiluftveranstaltungen an. Mit Sketchboard, Clown und Puppentheater machten sie ein Kinderprogramm, freitags auf dem Alaunplatz in der Neustadt, samstags auf dem Kirchplatz in Pieschen. Das Team bestand aus vier bis fünf Leuten. Am Alaunplatz war es schwierig, da die Darbietungen nicht leicht sichtbar waren. Doch in Pieschen kamen bis zu zwanzig Kinder. Es lief von Mai an gut, aber in den Sommerferien kam keiner mehr. Nach den Ferien beschlossen Norbert und sein Team, sich auf Pieschen zu konzentrieren. Sie mieteten die Sporthalle, aber beim ersten Mal ließ sich kein einziges Kind blicken. Als sie schon zusammenpackten, kam ein dunkelhäutiges Mädchen herein und fragte: „Ist schon fertig?“ Diese Frage ermutigte sie, trotz dieser ersten, entmutigenden Erfahrung weiterzumachen.

So beteten sie noch einmal, plakatierten, verteilten Handzettel und begannen, alle Kinder persönlich einzuladen und bei jedem an der Haustür zu klingeln, der schon mal da war.

Der Erfolg blieb nicht aus. Beim ersten Kinderclub nach dieser Werbekampagne waren dreiundzwanzig Kinder da. Und obwohl das eigentliche Team fehlte, ging es gut, die „Ersatzmannschaft“ schlug sich tapfer. Sie schrieben die Adressen der Kinder auf und fingen an, sie regelmäßig zu besuchen. So bildete sich ein Kern von Kindern, die immer wieder kamen. Seit diesem umkämpften Anfang läuft das Programm bis heute jede Woche, mit dreißig bis neunzig Kindern. Und wöchentlich werden zweihundert Kinder persönlich dazu eingeladen.

Aus dieser Arbeit ergaben sich viele weitere Kontakte, zu vielen Eltern, aber auch zur Schule. Die *Stoffi*-Mitarbeiter betreuen dort Kurse, zum Beispiel eine Koch- und Back-AG. Norbert schrieb ein Lied für das Schulfest, und vieles mehr. Eine Bastelwerkstatt ist angemietet, wo auch Fahrräder repariert werden. Zusätzliche Angebote haben sich entwickelt, so der *Girlspoint* für Teenie-Mädchen. Ab Januar 2005 gibt es einen *Teenie-Jungs-Treff*. Norbert ist es wichtig, einfach präsent und damit ansprechbar zu sein. Jeden Donnerstagnachmittag ist er auf dem Fußballplatz und kickt mit den Jungen den Ball. So ist der *Kidsclub Pieschen* zu einer festen Einrichtung geworden. Inzwischen sind auch einige Mitarbeiter in diesen Stadtteil gezogen, um die Kontakte zu stärken.

Norbert Binder beim stoffi_KIDSCLUB auf dem Alaunplatz 2003

Wie Norbert zu *Stoffwechsel* kam

Die Annäherung von Norbert und seiner Arbeit an *Stoffwechsel* entwickelte sich über die Jahre. Oft hatte er im „Kraftwerk" mit den gleichen Kids zu tun. Arno und Holm waren auch Brücken, da sie sowohl im „Kraftwerk" als auch im *Stoffwechsel* engagiert waren. Nach dem Vertretungsjahr als Pastor beteten Naemi und er konkret, wie es weitergehen sollte. Klar war, dass sie in Dresden bleiben und evangelistisch arbeiten wollten.

Es war Mitte Juni. Zum Ende August lief die Pastorenstelle aus. Eines Tages kam Norbert ins *Stoffwechsel*. Thurid war da und sagte: „Du, ich habe heute an dich gedacht! Wir überlegen, wie es mit den Kindern weitergeht, du machst doch solch eine Arbeit!"

Knafffi kam auch rein und schleppte Norbert gleich ins Büro. In diesem Gespräch erzählten beide einander, was sie suchten. *Stoffwechsel* brauchte personelle Unterstützung in der Kinderarbeit. Und Norbert und Naemi brauchten eine neue Perspektive und auch ein neue Wohnung, weil das dritte Kind kam. Vier Wochen später war schon der Umzug. Norbert war vollzeitlich beim *Stoffwechsel*-Verein eingestiegen und wurde verantwortlich für die mobile Kinderarbeit, für die Arbeit in Pieschen und ist heute auch stellvertretender Leiter vom Verein *Stoffwechsel*.

Ein klares Ziel

Norbert Binder hat klare Ziele. Der Stadtteil soll sich verändern. Die Kinderarbeit ist nur ein Teil des großen Ziels. So will eine ehrenamtliche Mitarbeiterin einen Frauentreff eröffnen. Ein neues Mitarbeiter-Ehepaar, Johannes und Damaris Oßwald, ist eingestiegen. Ihnen gemeinsam ist es wichtig, dass alle in Pieschen, „bis zu Polizist und Schulleiter", etwas von den positiven Veränderungen mitbekommen. Aber auch darüber hinaus haben Norbert und seine Leute große Pläne. Sie wollen die Arbeit ausweiten und in weiteren Stadtteilen *Kidsclubs* durchführen. Dafür brauchen sie ein größeres Team, zusammengestellt aus verschiedenen Gemeinden.

Die Idee: Die *Stoffwechsel*-Mitarbeiter könnten das gleiche inhaltliche Programm für die Kinder an den verschiedenen Orten durchführen, unterstützt von kleinen Teams vor Ort. Norbert will die Arbeit durch die Erstellung von Schulungsmaterial multiplizieren, das im Internet abzurufen ist, durch Entwürfe von Kinderprogrammen, durch sein Buch „Weil du Gott wertvoll bist", durch CDs mit Hörspielen und Kinderliedern.

Norbert ist klar: Die öffentlichen Stellen haben immer weniger Geld. Soziale Einrichtungen müssen kürzen, obwohl sie immer mehr gebraucht werden. So müssen die Christen die Lücke füllen. Wichtig ist für Norbert:

„Wir machen nicht nur etwas, weil wir Geld kriegen, sondern

weil die Not da ist. Wir wollen die Leute inspirieren. Inspiration ist ganz wichtig. Inspiration und Know-how müssen sich ergänzen."

So wachsen die ursprünglich getrennten Arbeiten in Pieschen und *Stoffwechsel* in Dresden-Neustadt zusammen. Dieser Prozess war auch für die Mitarbeiter etwas Neues. Doch Norbert ist sich sicher, dass das Gottes Weg mit ihnen ist:

„Gemeinsam ist die Stärke da, durch das Zusammenrücken."

Kidsclub Pieschen live

Was läuft eigentlich im *Kidsclub*? Wir wagen einen kleinen Blick in die Sporthalle der 26. Grundschule. Gut fünfzig Kinder sind da. Sie singen begeistert mit bei den fetzigen Liedern mit viel Bewegung und schauen gebannt einem Puppentheater über die tiefe Freundschaft zu einem Hühnerei zu. Zwischendurch wird es ernst. Eine Jugendliche aus einer Alkoholikerfamilie erzählt von ihrem neuen Lebensstart durch den Glauben an Jesus. Mitarbeiter aus verschiedenen Gemeinden sind dabei und bauen persönliche Kontakte zu den Kindern auf. So wird der *Kidsclub* zu einem echten Hoffnungspunkt für viele Kinder und dadurch auch für ihre Eltern. Eine davon ist Andrea.

Kein anderer wollte ihren Mann beerdigen

Andrea Riecke ist die Mutter eines Kindes aus dem *Kidsclub Pieschen*. Irgendwie und irgendwann hatte sie davon gehört, dass ein neuer Kinderclub angefangen hatte. So kam Andrea in Kontakt mit Norbert und seinem Team. Während die Kinder spielten, unterhielt sie sich mit den anderen Müttern. Andrea hat schon einiges mitgemacht, den Tod ihres Vaters, als sie noch ein Kind war, und dann auch die Krebserkrankung ihres Mannes. Als der mit siebenunddreißig Jahren starb, hielt Norbert die Beerdigung. Auf eine kirchliche Feier hatte sie keinen Anspruch, da weder sie noch ihr Mann Kirchenmitglieder waren. In dieser schweren Zeit erfuhr sie viel Unterstützung, ganz praktisch, aber auch durch Gebet. Unterstützt fühlte sich Andrea besonders dadurch, dass einige Frauen die gesamte Trauerfeier für sie vorbereitet hatten. Sie sagt darüber:

„Ich bin so dankbar, dass ich gerade in dieser Zeit Hilfe durch die Christen vom *Stoffwechsel* und von verschiedenen Gemeinden erfahren konnte!"

So hat die Arbeit mit Kindern in Pieschen Auswirkungen weit über die Aktionen und Programme hinaus.

Das Wunder von Pieschen

Die Arbeit in Pieschen geschah bislang in gemieteten Räumen und unter freiem Himmel. Plötzlich ergab sich im Mai 2003 die Möglichkeit, einen großen Gebäudekomplex zu kaufen, ganz zentral zwischen zwei Schulen gelegen. Ein ehemaliges Tischlereigelände an der Markusstraße 11 mit Wohnhaus, Schuppen und einer großen Werkstatt. Einfach ideal als Basisstation für die Arbeit in Pieschen mit vielen Räumen: Kinder- und Jugendräume, eine Kreativwerkstatt für Fahrräder und Holz, Büroräume, eine Kapelle und mehrere Mitarbeiterwohnungen könnten hier entstehen. Dass die Gebäude äußerst renovierungsbedürftig waren, schreckte nicht wirklich ab. Spätestens seit dem Umbau in der Martin-Luther-Straße 29 sind es die Stoffwechsler gewohnt, Schmuck aus Asche zu produzieren. Als das Angebot zum Kauf kam, waren sich alle Verantwortlichen schnell einig: Dies ist das Haus, für das wir schon lange gebetet haben!

Es gab nur ein kleines Problem: den Kaufpreis von vierzigtausend Euro. Durch den Entschluss, die öffentlichen Fördermittel für den Umbau der Häuser in der Martin-Luther-Straße Stück für Stück zurückzuzahlen, war überhaupt kein Geld da, vielmehr stand noch ein ganz dicker Batzen aus!

Doch es musste schnell gehandelt werden. So beschlossen Sabine, Knafffi und Norbert, die Freunde und Unterstützer des Werks über diese großartige Möglichkeit zu informieren.

Und es geschah! Sehr schnell waren dreißigtausend Euro durch Spenden zusammengekommen. Doch es fehlten noch zehntausend Euro, und die Zeit drängte. Im Juni hatten sie den Kaufvertrag schon unterschrieben. Doch der Termin rückte immer näher, wo entweder die vierzigtausend Euro voll zur Verfügung standen oder sie die Rücktrittsoption in Anspruch nehmen mussten. Der Stichtag war der 31. August 2003.

„Ohne einen Knopf in der Tasche"

Mit dieser Überschrift zitierte die Sächsische Zeitung Sabine Ball. Wieder einmal war ein Wunder vonnöten. Denn inzwischen war die Sache öffentlich geworden, und mancher schaute kritisch auf die neuen Pläne von *Stoffwechsel.*

Doch das Wunder kam! Und zwar von ganz unerwarteter Seite. Kurz vor Ende der Frist, am 28. August, kam ein Anruf vom Leiter des Dresdner Presseclubs, der Knafffi mitteilte, dass der jährliche Erich-Kästner-Preis dieses Mal an den Alt-Bundespräsidenten Dr. Richard von Weizsäcker verliehen würde. Dieser hatte sich dafür entschieden, das Preisgeld von zehntausendzweihundert Euro ganz an *Stoffwechsel* zu spenden – und so war gerade rechtzeitig die volle Summe für den Kauf da. Wieder einmal Grund zum Staunen und zur Dankbarkeit, und mittendrin die Bestätigung, dass Gott seine gute Hand mit im Spiel hatte. Bei der Preisverleihung auf Schloss Albrechtsberg bei Dresden waren Naemi und Norbert Binder sowie Gunhild und Ralf Knauthe mit eingeladen und konnten Dr. von Weizsäcker persönlich danken.

7

Stoffwechsel heute und morgen –

und wie der Segen weiterfliesst

Bei allem Rückblick in diesem Buch soll eins nicht übersehen werden: *Stoffwechsel* lebt und erreicht immer wieder neue Kinder und Jugendliche. Stellvertretend für manche andere sollen hier drei von ihnen zu Wort kommen: Nadine, Oliver und Tobias.

Nadine: „Eigentlich waren wir wie Dick und Doof!"

Nadine, dreizehn Jahre, ist eins der Mädchen, die seit ein, zwei Jahren zum *Stoffwechsel* kommen. Der erste Kontakt kam durch eine Einladungstour der *Stoffi*-Mitarbeiter. Und Sabine Ball interessierte sie auch, da sie schon etwas von ihr in der Morgenpost gelesen hatte. So ging sie einfach mal vorbei:

„Das *Stoffwechsel* hat mir so gefallen, weil es für arme Leute ist. Man kann dort kostenloses Mittagessen bekommen, das finde ich sehr schön!"

Außerdem macht es Nadine Freude, mit den Mitarbeitern zusammen zu spielen.

Doch nicht immer ist alles nur schön. Einmal ärgerten einige Jugendliche sie und einer drückte ihr sogar die Rippen raus. Doch sind das nur „Nebenpunkte" für sie. Wichtig für Nadine

Nadine Montes-Perez in der stoffi_KREATIV-WERKSTATT

ist besonders „Icki" – eine Praktikantin im *Stoffwechsel*, mit bürgerlichem Namen Ulrike Meisel. Als sich Nadine ein Bein brach, besuchte Icki sie zu Hause. Gemeinsam hörten sie Radio, und weil es so lustig war, beschlossen sie, auch einmal gemeinsam einen Radiospot zu machen. Ulrike ist überhaupt wichtig für sie:

„Die Icki hat oft was mit mir gemacht. Eigentlich waren wir so wie Dick und Doof, dass wir beide nie getrennt werden durften, aber jetzt sehe ich sie ja immer noch in der Elim-Gemeinde, allerdings geht sie jetzt weg aus Dresden. Deswegen habe ich auch diese Nacht geweint."

Für das *Stoffi* wünscht sich Nadine:

„Dass es ein Hausaufgabenzimmer gibt, wo es nicht so laut ist und die Mitarbeiter nicht immer nach Ruhe schreien müssen, obwohl ich selten meine Hausaufgaben hier mache, weil ich Angst habe, dass die Kinder mich auslachen, da ich auf eine Förderschule gehe. Und ich wünsche mir, dass in Zukunft die Mitarbeiter nicht nur so kurz bleiben wie die Icki und die Kerstin."

Nadine möchte sich ihr Leben ohne *Stoffwechsel* gar nicht vorstellen:

„Da wäre mein Leben wieder so routinemäßig, ich gehe in die Schule, komme nach Hause und mache meine Hausaufgaben, das finde ich nicht so schön. Aber da es das *Stoffwechsel* gibt, bin ich fast jeden Tag hier. Ansonsten könnte ich nur zu Hause auf den Hof gehen, aber da bin ich nicht so gern, denn das *Stoffi* ist mir viel lieber, da gibt es kostenloses Essen, Spiele, ein warmes Häuschen. Ja, ich will der Sabine danken, dass sie das schöne Haus hier gemacht und gekauft hat, dass wir Kinder damit ein zweites Zuhause haben. Außerdem gehe ich jetzt öfters in die Elim-Gemeinde, denn Sabine ist auch oft da, und das macht mir mehr Mut und gibt mir Stärke. Die Elim-Gemeinde ist mein drittes Zuhause, weil die Icki dort ist. Ich bin auch gern im Kidsclub, das ist einfach cool."

Oliver: Die Sabine hat mir schon oft geholfen!

Oliver ist zwölf Jahre alt. Er kennt noch das alte *Stoffwechsel* im früheren Schnapsladen und ging als Kind schon dorthin. Seine Schwester hatte ihm davon erzählt, und er ging einfach mal mit. Dort traf er Sabine. Selbstbewusst erzählt er:

„Wir haben uns kennen gelernt, jetzt kennen wir uns gut und das *Stoffi* gefällt mir."

Was er gut findet?

„Dass wir hier etwas unternehmen, dass es kostenloses Essen gibt, dass man hier beten kann und Lieder singt und vieles macht. Ich finde auch den Kidsclub gut. Besonders hat mir gefallen, dass wir ins Arnoldbad gegangen sind und in die Heide."

Mit leuchtenden Augen berichtet Oliver:

„Als wir im Arnoldbad waren, hatte ich Angst, die blaue Rutsche hinunterzurutschen. Aber ich habe es gemacht, es hat in meinem Bauch total gekribbelt und mir danach Spaß gemacht. Und als wir im Wildgehege waren und beim Leuchtturm, den wir uns mal von Nahem angesehen haben und die Klippen hinuntergeklettert sind und am See waren. Am Wildgehege konnte man so viele Tiere streicheln, fast wie im Zoo. Aber am allerbesten fand ich, als wir mit dem *Stoffi* in den Ferien weggefahren sind. Es gab einen total schönen Spielplatz."

Wie vielen der Kinder im *Stoffi* tut es ihm sichtlich gut, mit den anderen etwas zu unternehmen – ausgefallen muss es gar nicht sein. Und zuverlässige und vertrauensvolle Beziehungen zu erleben, das ist Oliver wichtig, und „Sabine!"

„Die Sabine hat mir schon oft geholfen, vor allem als wir noch im alten *Stoffwechsel* waren, sie hat mir viel von Gott erzählt, und seitdem gehe ich fast immer hierher. Und die anderen Mitarbeiter haben mir oft mit Beten geholfen."

Über seine Zukunftswünsche befragt, gibt der Zwölfjährige detailliert Auskunft:

„Ein besseres Leben, dass ich Arbeit habe, ein gutes Zeugnis und dass Gott mir hilft. Eine Frau möchte ich auch gern haben, Kinder aber nicht, die sind mir viel zu stressig. Und dass ich nicht auf der Straße sitze, eine Wohnung habe und einen guten Abschluss."

Tobias: „Die Atmosphäre war übelst cool"

Tobias, heute siebzehn Jahre alt, ist seit fünf, sechs Jahren im *Stoffwechsel.* Warum es ihn immer wieder hinzieht:

„Die Atmosphäre, den Glauben finde ich cool, gerade weil ich selbst so einer werden will. Ein Christ, übelst cool, so etwas. Erfahrung mit Gott. Mit Gott leben. Macht bestimmt Spaß. Ist bestimmt nicht ohne. Sind alle ganz nett. Die Mitarbeiter und so, warum nicht. Auf jeden Fall jeden Tag ins *Stoffi* gehen. Einfach die Leute wieder sehen, die man gern hat, zum Beispiel Samuel Schüßler."

Sein schönstes Erlebnis war die Zeit in Polen, wo deutsche und polnische Jugendliche gemeinsam einen Spielplatz bauten.

Dadurch lernte Tobias viele Leute neu kennen, die er auch jetzt in der Jesus-Gemeinde wieder trifft:

„Die Atmosphäre war übelst cool, nicht schlecht. Mit den Polen konnte man sich übelst gut verständigen, hätte ich eigentlich nicht gedacht, ich dachte eigentlich erst: ‚Äh, was sind denn das jetzt für Leute?‘ Aber nee, die hatten eine übelst gute Atmosphäre. Das war mein allerschönstes Erlebnis. War schon cool, vor allem nach Danzig fahren hat mir Spaß gemacht, Bus fahren hat mir Spaß gemacht, in der Stadt dort so rumzugurken, Fußball spielen."

Und auch im Leben und im Glauben hat ihm das *Stoffi* geholfen:

„Also auf jeden Fall steht an erster Stelle Gott. Er hat mir wirklich gut geholfen. Alle vom *Stoffwechsel*-Team haben mir auch gut geholfen, sprich: meinen Charakter zu verändern. Vor allem bei meinen Ausrastern, die ich früher gekriegt habe, die hatte ich ja früher öfters. Eigentlich habe ich meine Sachen durch das *Stoffi* gut in den Griff bekommen und durch die Betreuung durch die Jugendhilfe ‚Outlaw‘. Es hat sich schon ziemlich viel verändert. Ich bin etwas ruhiger geworden und ein bisschen nachdenklicher."

Für die Zukunft wünscht sich Tobi:

„Dass der Glauben bleibt, dass mein Leben weiter so bleibt wie es ist, also in Frieden, ohne Hass, Gewalt und Angst und so. Und für mich persönlich, dass ich Kontakte halte zu den ganzen Leuten, die ich jetzt noch kenne, zum Beispiel zu Samuel. Ich werde ihn bestimmt nie vergessen. Und die anderen. Und einen guten Job haben. Vielleicht Koch, einfach eine Lehrstelle."

Wenn es das *Stoffi* nicht geben würde?

„Da würde ich ganz spontan zu Hause da hängen, Hausaufgaben machen, danach weiß ich nicht. Da wäre der Tag für mich total sinnlos. Das gebe ich ehrlich zu. Dann hätte ich wirklich keinen Bock, irgendetwas zu machen. Da könnte ich mich nach der Schule auf gar nichts mehr freuen. So gehe ich nach der Schule hierhin, und wenn ich dann komme, geht's: ‚Oh hey

Tobias!‘ Die empfangen einen freundlich. Und nicht, wo die Eltern sagen: ‚Oh, der schon wieder!‘ Also ich wäre schon übelst sauer und es wäre auch übelst der Knick da drinnen.“

Was würde er sonst mit seiner Zeit machen?

„Ich wüsste es nicht. Ich denke mal, irgendwelchen Scheiß anstellen.“

Am 10. Juli 2005 hat Tobias die Sache mit Jesus festgemacht: Er hat sich taufen lassen.

Sabines Dienst heute – Offene Türen

Doch nicht nur Kinder und Jugendliche profitieren bis auf den heutigen Tag vom *Stoffwechsel.* Von Anfang an wurde Sabine Ball eingeladen, um über ihre Arbeit und ihren Glauben zu sprechen. Das gehörte und gehört ganz eng zusammen: die soziale Arbeit vor Ort und die Verkündigung überall im Land. Die Einladungen wurden immer mehr: der Lion's Club, Schulen, Gefängnisse, Gemeinden, Literaturkreise und so weiter und so weiter. Es waren oft auch Geschäftsleute, die sie einluden. Eines der Treffen ist Sabine in besonderer Erinnerung. Es war im Kempinski-Hotel. Als Sabine anfing, von ihrer Geschichte zu erzählen und von ihrem Glauben, war es, als ob alle im Raum ihre Masken ablegten und ganz offen zuhörten, fast wie Kinder, die ehrfürchtig einer spannenden Geschichte lauschten, erinnert sie sich. Und immer wieder unterstützten die, die ihr begegneten, die Arbeit. Manchmal direkt, manchmal durch Vermittlung.

Ebenso hat Sabine immer wieder die Möglichkeit, vor den Frauen von Prominenten und selbst engagierten Frauen zu sprechen. Auch hier ist eine ungewöhnliche Offenheit zu spüren. Sie erklärt sich das so:

„Ich stelle in meinem Alter keine Konkurrenz oder Gefahr mehr dar. Ich versuche nicht, etwas zu sein, das ich nicht bin. Ich bin einfach echt und spreche über meine Erfahrung und meinen Glauben. Und das öffnet die Herzen.“

Es geht Sabine nicht um ihre eigene Ehre, sondern immer um die Menschen, seien sie jung oder alt, arm oder reich. So lehnte sie auch das Bundesverdienstkreuz ab, das ihr auf Vorschlag des sächsischen Ministerpräsidenten angeboten wurde. Ihre Begründung: Erstens komme allein Gott der Verdienst zu, und außerdem hätten die Kinder und Jugendlichen der Neustadt diese Auszeichnung vielleicht nicht verstanden, und es hätte damit vielleicht der Arbeit vor Ort geschadet.

Was Sabine besonders freut: Dass die geistlichen Erfahrungen, die Mitarbeiter im *Stoffwechsel* machten, in ihrem Leben weiter wirken.

Ein früherer Mitarbeiter geht seinen Weg

Einer davon ist Stephan Barthel, Pastor der Heilsarmee-Jesus-Freaks Gemeinde in Chemnitz. In seiner Zeit als Zivildienstleistender hat er im *Stoffwechsel* mit vielen Jugendlichen intensiv gearbeitet.

„Auch wenn diese Zeit nun schon einige Jahre zurückliegt, so bestehen bis heute noch gute Freundschaften zu damaligen Mitarbeitern und Gästen. Die Schwerpunkte meiner Arbeit waren: Hausmeisterdienste für das Café, Bürotätigkeiten und vor allem Ansprechpartner sein im Café und Freizeitgestaltung mit den Jugendlichen. Besondere Freude hat es mir immer gemacht, mit den Jugendlichen gemeinsam etwas zu unternehmen – sie herauszunehmen aus ihrer kleinen Welt und ihren Horizont zu erweitern. So starteten wir zum Beispiel zwei Männerausflüge nach Siloah. Dort verbrachten wir einige Aktionstage, mit vollem Programm: im Tipi schlafen, Nachtwanderung, Andachten im Gewölbekeller, Fahrradtour, LKW-Fahrt durch ein Bergwerk, Reiten, Bogenschießen und vieles mehr. Die Jungs waren völlig begeistert. Öfters habe ich Jugendliche für ein paar Stunden oder Tage mit zu meiner Familie genommen, raus aus ihrer kaputten Familie und Welt. Es hat mich immer tief beeindruckt, wie sie diese Zeiten genossen, die familiäre Atmosphäre aufsaugten und sich veränderten. Aus ‚bösen Jungs' wurden normale Jugendliche und vor allem wurden aus ‚Klienten' Freunde.

Gott hat mir durch meine Zeit beim *Stoffwechsel* die Augen geöffnet, wie reich er mich durch meine Familie beschenkt hat. In einer gesunden Familie aufzuwachsen, ist ein ganz besonderes Geschenk Gottes. Aber Gott hat mir auch seine unglaubliche Liebe für diese verlorene Generation – diese Generation ohne echte Eltern und Familie – gezeigt und mich mit seiner Leidenschaft für diese Kinder und Jugendlichen angesteckt.

Durch dieses Jahr ist in mir der Wunsch entstanden, mein Leben einzusetzen, um Gottes Liebe dieser verlorenen Generation weiterzugeben. Heute arbeite ich in Chemnitz als Pastor in einer Gemeinde, die genau darin ihren Schwerpunkt sieht. Noch immer begeistern und motivieren mich die Erfahrungen, die ich im *Stoffwechsel* machen durfte.

Meine Hoffnung ist, dass Gott durch die Arbeit des *Stoffwechsel* vielen Christen und Gemeinden die Augen öffnet für die Verlorenen in unserem reichen Deutschland, und dass Gemeinden motiviert werden, nicht nur die Not zu beklagen, sondern aktiv zu werden und Gottes Liebe in Wort und in Tat weiterzugeben."

8 Die Botschaft von Sabine Ball

und wie eine Vision die Zukunft prägt

Die Wurzeln von *Stoffwechsel*

Gott hat im Lauf der Jahre ein geistliches Fundament in der Arbeit von *Stoffwechsel* gelegt. Ein großer Teil davon ist in der Lebensgeschichte von Sabine Ball zu finden, und in den geistlichen Überzeugungen, die sich in ihr seit ihrer Hinwendung zu Gott herausgebildet haben. Diese geistlichen Grundüberzeugungen werden von allen leitenden Mitarbeitern geteilt. Sie gehören deshalb zum unaufgebbaren Fundament der gesamten Arbeit. Auch für die Zukunft sind diese Grundlinien wichtig. Deshalb will ich sie hier zusammenstellen, so wie sie mir begegnet sind.

Gemeinsam mit anderen Christen

Von Anfang an wurde das praktiziert. Sabine Ball und ihr Team suchte die Zusammenarbeit und Unterstützung der verschiedenen Gemeinden: Neben den evangelischen Kirchengemeinden sind das vor Ort vor allem die Kraftwerk-Gemeinde, die Vineyard-Gemeinde, die Elim-Gemeinde, die Jesus-Gemeinde, die Brüdergemeinde, die methodistische Kirche, die Freie Evangelische Gemeinde und die Mennonitengemeinde.

Hin zu den Menschen!

Das prägt *Stoffwechsel* von Anfang an. Es ist nicht nur ein offener Ort, wo Leute hinkommen können, was schon sehr viel ist, sondern Sabine und die Mitarbeiter waren immer wieder unterwegs zu den Menschen. Die regelmäßigen Gefängnisbesuche und die Einladungsbesuche bei den Kindern, die in Pieschen zum Kidsclub kommen, sind Beispiele dafür.

Fantasie der Liebe

Ein weiteres Kennzeichen der Arbeit ist die Fantasie der Liebe. Sei es die Kreativwerkstatt, seien es die Ausflüge ins Schwimmbad, die Feste, das Bemühen, die Jugendlichen im Bus mit auf einen Sportplatz zu nehmen, die Teilnahme an christlichen Jugendcamps, die Hilfseinsätze in Polen und der Ukraine: Immer wieder wird der Wunsch deutlich, den Jugendlichen etwas zu bieten, das sie aus ihrer häufig tristen Wirklichkeit herausholt, ihnen positive Erlebnisse vermittelt und den Horizont weitet.

Gebet im Zentrum

Von Anfang an wurde die Arbeit aus dem Gebet geboren und aufgebaut. Das tägliche Beten der Mitarbeiter vor der Ladeneröffnung, die spontanen Gebete zwischendurch, auch am Telefon, wenn jemand mit einer Not anrief, der Gebetskeller in der Martin-Luther-Str. 29, alles das zeigt, dass die Bedeutung des Gebets nicht nur ein Lippenbekenntnis, sondern eine echte Wirklichkeit für die Mitarbeiter ist. Auch die Unterstützung durch andere, die regelmäßig für *Stoffwechsel* beten, wie die Marienschwestern (Darmstadt), die Bibelschule in Wels und die Christen in der Offensive (Reichelsheim), sowie viele Einzelne überall im Land und darüber hinaus, ist für sie von großer Bedeutung.

Geistlicher Umgang mit Geld

Sabine, Knafffi und den anderen Verantwortlichen ist ein geistlicher Umgang mit Geld wichtig. Sie wollen in allem Gottes Regeln einhalten, in allen Finanzangelegenheiten korrekt sein und nicht irgendwelche „Deals“ machen. Es geht um ein Leben vor Gott. Gott kennt die tiefsten Absichten des Herzens. Gott sieht ja alles. So ist es wichtig, den Segen Gottes nicht zu verspielen. Und gleichzeitig wirklich großzügig zu sein.

Ehrfurcht vor Gott

Für Sabine ist die Ehrfurcht vor Gott der Anfang des Glaubens. Sie hat tief im Herzen empfunden, dass sie sich vor Gott beugen musste:

„Dadurch bin ich 1972 auf die Knie gegangen, als Tommy mir seinerzeit von Gott erzählte, und habe gebetet: ‚Jetzt will ich dich ganz wahrnehmen. Ich will mich nach deinem Wort richten und übergebe dir mein Leben.‘“

In der ersten Zeit hatte sie während des Bibelstudiums oft großes Herzklopfen. Ihr wurde klar:

„Ich bin nicht dieser gute Mensch, für den ich mich gehalten habe. Ich habe mir selbst Ehre gegeben, die mir nicht zusteht!“

Eine Botschaft, die bleibt

Sabine Ball hat im Lauf der Jahre, in denen sie die immer weiter wachsende Arbeit von *Stoffwechsel* aufbaute und leitete, an verschiedenen Stellen ihre geistlichen Grundüberzeugungen formuliert: in Rundbriefen, in Vorträgen, in Briefen, in Artikeln. Aus der Fülle ihrer Gedanken und geistlichen Erkenntnisse habe ich hier einige zusammengestellt, in der Hoffnung, dass sie uns motivieren, unseren eigenen Weg mit Gott zu gehen, in der gleichen Konsequenz und menschenfreundlichen Radikalität, die Sabine Ball kennzeichnen.

Die Kraft des Wortes Gottes

„Dass ich diese Aufgabe hier tun kann, das kommt durch meinen Glauben an das Wort Gottes, das sich mir durch die Bibel offenbart, und allein durch Jesus Christus. Die Liebe, Wahrheit und Kraft erhalte ich von ihm – so gehört auch die Ehre für jeden Erfolg ihm alleine.

Nie hätte ich glauben können, dass ich in meinen hohen Jahren in einem kleinen, selbst gebastelten Café stehen würde, umgeben von wilden Kindern, Punks und manches Mal Obdachlosen, von Dienstag bis Freitag von zwölf bis zwanzig Uhr und am Samstag von neun bis fünfzehn Uhr, und mich für all dies noch begeistern kann. Solch ein Wunder kann nur Gott tun."

Die Bedeutung des Gebets

„Jeden Tag beginnen wir mit Gebet, wir beten für die Regierung Deutschlands und Dresdens, für die einzelnen Personen, denen wir hier begegnen. Aber vor allen Dingen beten wir gegen die Dunkelheit, die diese Gegend überschattet, in der Drogen, Alkohol, Brutalität, sexuelle Perversion immer weiter zunehmen."

Jeder ist wertvoll

„Wir bieten denen, die zu uns kommen, ein zweites Zuhause an und beurteilen die Menschen nicht nach ihrem Äußeren. Wir versuchen uns in ihre Situation einzufühlen, hören ihnen vor allen Dingen zu und versuchen, ihnen Richtlinien zu geben."

„Jesus liebt die Kinder. Auch der Teufel arbeitet Überstunden. Aber Jesus ist Sieger – das ist die Wahrheit, und darauf können wir bauen. Kinder sind für Jesus so wertvoll. Wir müssen sie mit seinen Augen anschauen, ihnen das zusprechen: Jesus liebt die Kinder, uns Menschen überhaupt. Er hasst die

Sünde, denn Sünde trennt uns von Gott. Mit menschlicher Liebe allein schaffen wir es nicht. Es sind seine Liebe und seine Wahrheit, die etwas verändern. Die Not der Kinder und Jugendlichen ist groß. Sie brauchen die Hilfe Gottes. Lasst uns zu seinem Sprachrohr werden. Er wird durch uns sprechen, wenn wir unser Leben ihm hingeben."

Die Kinder und Jugendlichen verstehen

„Viele Kinder und Jugendliche kommen aus zerbrochenen Familien, sie treiben sich auf den Straßen herum. Die Eltern, oft allein stehende Mütter oder arbeitslose Väter, haben wenig Zeit für sie. Doch schlafen die meisten Kinder zu Hause. Es sind tolle Kinder, und meine Liebe gehört ganz besonders ihnen. Sie haben gute Anlagen, die gefördert werden könnten, doch durch die Umstände haben sie kaum eine Chance. Die Macht des Bösen hat oft die Kontrolle über sie. Sie stehlen, lügen, bekämpfen sich gegenseitig. Sie suchen das Abenteuerliche und meiden das Gute, das sie kaum kennen. Wir sollten uns bemühen, die Kinder und Jugendlichen mehr zu verstehen. Wir sollten sie nicht verurteilen, sondern vielmehr uns selbst prüfen."

Was wir haben, ist Gnade

„Wir haben mit den Kindern und Jugendlichen zusammengelebt, sie erlebt und lieben gelernt, obwohl sie diese Liebe noch nicht erwidern konnten. Sie haben tief verletzte Seelen. Aber Gott hat uns gezeigt, welche guten Anlagen sie haben, und wie wertvoll sie sind für Gott, aber auch für uns. Wir können sie nicht aufgeben.

So versetze ich mich immer wieder in ihre Lage, um sie besser zu verstehen. Wenn ich meinen Vater nicht gekannt hätte, mein Stiefvater ein Alkoholiker gewesen wäre, wenn er mich ungerecht geschlagen hätte oder sogar missbraucht, wenn meine Mutter dauernd ihre Partner gewechselt hätte, dann wäre ich vielleicht auch auf der Straße gelandet. Ich habe mir mein Elternhaus nicht ausgesucht, ich habe aber auch nicht die Gnade Gottes verdient, das ist ein Geschenk."

Glauben wagen

„Im Glauben gehen, heißt ganz einfach, den Fuß aufs Wasser zu setzen, in anderen Worten: die Versprechungen Gottes für einen persönlich wahrzunehmen."

Gottes Perspektive

„Gottes Wege sind so oft anders als das, was wir vorhaben. Manchmal ganz entgegengesetzt. Sie sind Torheit für die Menschen. Aber Gott sieht auch auf uns und sagt: ‚Was ihr da unten anrichtet, ist Torheit für mich.'"

Der Weg zu Gott

„Vor vielen Jahren habe ich erkannt, dass ich selbst einen Erlöser brauchte, einen Retter, einen Wegweiser. Meine bis dahin gelebten Jahre waren Irrwege. Jesus wurde mein Retter, auch von mir selbst.

Ich wagte es, in mich selbst hineinzuschauen und wurde mit mir selbst ehrlich, der Maßstab wurde das Wort Gottes, und das traf mein Herz. Eine tiefe Liebe, aber auch Ehrfurcht vor Gott ließ mich von da an sein Wort achten und in Hingabe an ihn ernst nehmen."

Ein neuer Mensch werden

„Ich erkannte mich kaum wieder, ich war ein anderer Mensch geworden – so ziemlich das Gegenteil von dem, was ich bisher gelebt hatte –, und ich gefiel mir selbst, ohne stolz zu sein, sondern eine große Dankbarkeit zu Gott erfüllte mein Herz.

So langsam konnte ich alles tun, wofür Jesus mich beauftragte, und für jeden Erfolg gab ich Gott die Ehre. Aus einem selbstsüchtigen Menschen wurde ein selbstloser, dienender Mensch. Mir selbst konnte ich die Aufgaben, vor die mich Gott stellte, nicht zutrauen, aber ich konnte es Gott zutrauen, der in mir lebt.

Diese Erfahrung können Menschen machen, die zu einem willigen Werkzeug in seinen Händen werden. Mir wurde nach und nach klar, warum ich auf dieser Welt. bin.

Jetzt erkannte ich, dass Gottes Wege nicht meine Wege waren, aber dass mein Leben auch nicht mehr mir selbst gehörte. Ich bin mit seinem Leben erkauft worden, mit seinem Blut. ‚Ich kann alle Dinge tun durch Jesus Christus', so heißt es ja in der Bibel. Das ist die Freiheit, nach der jeder Mensch sucht, auch wenn er in der falschen Richtung sucht."

Unsere Aufgabe als Christen

„Wir Christen sollten auch unseren Teil beitragen. Gibt es unter uns Menschen, denen Gott schon lange aufs Herz gelegt hat, jungen Erwachsenen zu helfen, die ohne Hoffnung und Ziele sind? Sind da draußen Mütter und Väter, deren eigene Kinder das Haus schon verlassen haben, die aber mit einem Pioniergeist noch etwas Neues mit Gott unternehmen wollen? Jeder Mensch hat kostbare Anlagen, die durch Geduld und Liebe entdeckt und gefördert werden könnten."

Die unsichtbare Wirklichkeit wahrnehmen

„Es gibt für mich zwei Welten: einmal die irdische, also das, was meine Augen sehen können, aber auch dann die geistliche, das Unsichtbare. So lange ich mit dieser Welt zufrieden bin, einfach mit der Welt mitmache, schwimme ich in der weltlichen Strömung mit, und dann wird sich nicht viel in meinem Leben verändern. Wenn ich aber anfange, die Ungerechtigkeit, die Not, die Lügen, den moralischen Zerfall zu erkennen, dann entsteht in mir eine Unzufriedenheit, ein innerliches Aufbäumen, ein Schrei nach Gerechtigkeit und damit der Wunsch, aus diesem Strom herauszukommen. So fing ich an, nach der Wahrheit zu suchen."

Gott lässt sich finden

„Es gibt ein Versprechen Gottes: Wenn wir die Wahrheit suchen, werden wir sie auch finden. Die alleine fand ich in Jesus Christus, obwohl ich sie zuerst einmal überhaupt nicht in der Bibel suchte, offenbarte sich Gott mir. Ich erhielt neue, geistliche Augen und ein neues Leben. Mir gingen die Augen auf. Ich gehörte nicht mehr zu dieser Welt.

Ein junger Christ hatte die beste Nachricht für mich und mein Leben: Jesus ist der Retter der Welt, er ist unser Erlöser. Ich wurde errettet, und damit wuchs der Wunsch in mir, mehr und mehr diese gute Nachricht selbst in die Welt zu bringen und sie vor allen Dingen auch zu leben.

Damit verlor ich den Wunsch, nur an mich selbst zu denken. Ein großes Gottvertrauen überkam mich. Eine tiefe Ehrfurcht vor diesem heiligen Gott, der uns in seinem Wort Verheißungen macht, die er als wahrer Gott auch halten wird. So wurde langsam sein Wille zu meinem Willen.

Vom Unglauben, Misstrauen und Zweifel kam ich zum Glauben – was für ein Tausch, was für ein Wechsel! Ich fing an, ein wahres Leben zu leben. Ich wurde zu einem Diener der Menschen. Ich hatte keine Zeit mehr, die Fehler der anderen zu sehen, sondern fing an, auf Gottes Stimme zu hören und das zu leben, wofür Gott mein Leben bestimmt hat. Ich wurde damals zu einem neuen Menschen – und das mit sechsundvierzig Jahren!"

Arm und doch unendlich reich

„Was ist mit mir geschehen? Dieser Eintausch scheint doch ein Abstieg zu sein – vom Wohlstand, vom bequemen Leben, zum Diener der Armen und Verlassenen. Ich besitze nichts mehr und habe doch alles.

Reich ist, wer viel hat.

Reicher ist, wer wenig braucht.

Am reichsten ist, wer viel geben kann.

Nach meiner Bekehrung bekam ich einen Lebensinhalt. Ich war über mich selbst erstaunt, dass ich Dinge tun konnte, die ich mir nie zugetraut hatte. Mein Leben lag von da ab in Gottes Hand, auf einmal machte dieses Leben Sinn, dieses Gottvertrauen.

Ein dankbares Herz Gott gegenüber zu haben, wurde mir innerlich wertvoll. Ich war arm und trotzdem so reich. Immer wieder dankte ich Gott für meine Veränderung."

Retten, was andere fortwerfen

„Der Wunsch wuchs in mir, wuchs in uns allen, die im *Stoffwechsel* mitmachten, das zu retten, was andere fortwerfen. Seien es alte Möbel oder alte Häuser oder aber das Wertvollste: Kinder und Jugendliche, Menschen. In jedem sehen wir noch Werte. Vielleicht müssen wir öfter dahinter schauen, aber ich konnte es nur mit den Augen Gottes. Kein Mensch ist in seinen Augen wertlos. Er liebt die Menschen und kann in jedem etwas Gutes erwecken, wenn wir unser Leben ihm anvertrauen."

Geben ist seliger als Nehmen

„Es ist im Geben, dass wir gesegnet werden. Das scheint das Geheimnis Gottes zu sein, das man dann selbst erfährt, wenn man das Wort Gottes in seinem Leben umsetzt."

Gehorsam ist der Schlüssel

„Man fragt mich sehr oft, wie das Café *Stoffwechsel* entstanden ist: ganz einfach, aber doch so schwer. Einfach, weil man ja nur dem Wort Gottes gehorsam sein soll, schwer, weil wir uns selbst im Wege stehen.

Es ist durch meinen festen Glauben an unseren Herrn Jesus entstanden. Ich selbst war viele Jahre meines Lebens ungläubig, doch suchte ich nach der Wahrheit. Dann schlugen die Worte der Bibel in meinem Herzen ein und ich wusste: ‚Das ist die Wahrheit!' Nun blieb mir gar nichts anderes übrig, als das auch zu leben. Denn Gott lügt nicht. Was er verspricht, hält er auch. Jesus selbst sagte: ‚Bei den Menschen ist es unmöglich, aber nicht bei Gott, denn alle Dinge sind möglich bei Gott.' (Markus 10,27) Diesen Bibelvers habe ich mir zu Herzen genommen."

In der Schule Gottes bleiben

„Was sehe ich als Voraussetzung für den Erfolg dieser Arbeit? Totale Hingabe an Gott, für meine und für deine Berufung. Gebete, dass unsere Gedanken und Wünsche auch seine sind. Wir sollen unser Herz prüfen, ehrlich mit uns selbst sein und selbstlos werden.

Ich schaue nicht mehr auf die anderen, sondern mein Gewissen sagt mir: ‚Fange an, das zu leben, was du von anderen erwartest.' Das ist nur mit Gottes Hilfe zu schaffen. Es fängt damit an, dass man die Not des anderen sieht und sich im Gebet leiten lässt.

Ich selbst habe unendlich viele Fehler gemacht, aber ich habe nie aufgegeben.

Das Schleifen tut weh, doch aus dem Feuer bin ich nie gesprungen. So habe ich gelernt, Gott für alle Dinge dankbar zu sein. Das ist eins seiner Geheimnisse und muss durch den Glauben eingeübt werden."

„Erstens: Für ein Werk Gottes braucht man kein Geld zu haben. Gott kann geben, was wir brauchen.

Zweitens: Es geht um unsere innere Einstellung. Gott sieht alles. Soll unser Name erhoben werden? Oder Gottes?

Drittens: Es ist ganz wichtig, ehrlich gegenüber sich selbst zu sein."

Eine Vision, die viele bewegt

Ich frage Sabine und Knafffi, was ihre Vision für die Zukunft von *Stoffwechsel* ist, und was sie sich wünschen. Wie soll die Arbeit in zehn Jahren aussehen, was soll erreicht worden sein?

Sabine nimmt sich einen Augenblick Zeit, bevor sie ihre Antwort gibt. Was sie als Vision entwickelt, umfasst weit mehr als Dresden allein:

„Meine Hoffnung und Vision ist, dass die Frucht dieser Arbeit viele Menschen bewegt, sich in ihren eigenen Dörfern, Ländern, Städten um die Not der Jugendlichen und der Menschen allgemein zu kümmern, genau an den Orten, wo die Not zu finden ist.

Für Dresden ist meine Hoffnung, dass die Gemeinden mithelfen und mit uns und untereinander zusammenarbeiten. Es geht nicht um *Stoffwechsel*. Vielmehr soll das, was Gott uns hier gelehrt hat, Frucht bringen. Ich wünsche mir, dass wir alle gemeinsam in den Vierteln, wo es unter den Jugendlichen große Not gibt, ein Licht der Hoffnung sind.

Ich bete darum, dass viele Jugendliche Hoffnung in Jesus finden und damit auch neue Ziele für ihr Leben.

Ich hoffe, dass unsere Mitarbeiter gut zusammenarbeiten und weiterhin aus der Hingabe heraus leben. Ich bete, dass wir Gott noch tiefer erfahren und unsere Herzen von Dankbarkeit geprägt werden.

Sabine Ball und Ralf Knauthe/Knafffi

Ich bete, dass wir hier in der Stadt ein Werkzeug für Gott sind und ein Verbindungsknoten für die verschiedenen Gemeinden."

Knafffis Vision

Ich frage Knafffi, welche Vision er für die Zukunft von *Stoffwechsel* hat. Wie wird die Arbeit in zehn Jahren aussehen?

„Ich habe den festen Wunsch, dass das, was Gott Sabine ins Herz gegeben und ihr anvertraut hat und was sie in dieser Arbeit geprägt hat, auch in den Herzen der zukünftigen Mitarbeiter weiterlebt, die Gott uns schenken wird.

Mein Wunsch ist, dass man auch in Zukunft noch die Wurzeln erkennen kann. Dass *Stoffwechsel* nicht nur ein „netter" sozialer Verein ist, der im Land bekannt ist, sondern dass es weiter von den Werten Gottes geprägt ist.

Ich sehe *Stoffwechsel* mit mehreren Basisstationen in verschiedenen Stadtteilen von Dresden und auf dem Land, die sich selbst tragend mit einem Projektleiter und einem Team funktionieren. Die Homebase ist in der Neustadt, wo die ganzen Fäden von *Stoffwechsel* zusammenlaufen.

Ich wünsche mir, dass wir als Christen noch enger zusammenrücken und die Gemeinden noch mehr ihre Berufung erkennen, für Nichtchristen und Suchende da zu sein. Getreu der Anfangsvivion, dass *Stoffwechsel* ein Verbindungsknoten zwischen den Gemeinden ist, wollen wir sie noch mehr unterstützen in ihrem Anliegen, Kinder und Jugendliche zu erreichen. Denn wir sind keine Gemeinde und wollen die Kinder und Jugendlichen nicht an *Stoffwechsel*, sondern an Jesus binden. Unsere größte Freude wäre, wenn sie in einer christlichen Gemeinde Heimat finden, egal, welcher Konfession.

Ich sehe, dass wir in zehn Jahren Veranstaltungen für bestimmte Zielgruppen haben, auch Gottesdienste, für die Kinder, die Teenies; aber auch für die Eltern. Wir müssen ihnen auf einfachstem Niveau sagen, was Sache ist.

So sehen wir *Stoffwechsel* nicht als Gemeinde im konfessionellen Sinn. Doch die Aufgabe bleibt, dass die Kinder und die Eltern gefördert werden müssen, solange die etablierten Gemeinden das oft nur schwer oder nicht auffangen können, besonders für die sozial Schwachen.

In zehn Jahren soll *Stoffwechsel* ein Begriff für die Menschen in Dresden sein, wo sie wissen: Wenn es in einem Stadtteil eine Not gibt, dann kümmern sich die Mitarbeiter darum. Die Leute sollen noch mehr als heute wissen, dass *Stoffwechsel* und Jesus eine untrennbare Verbindung sind. Jesus ist der Stoff, der gewechselt werden soll.

Meine Hoffnung ist, dass überall im Land Teams und Gemeinden neue Projekte starten. Ihnen möchten wir mit unseren Erfahrungen und unseren Grundwerten Starthilfe geben und sie auch mit unserem Material ausrüsten, z.B. mit Musik, Liedern, Andachten, mit Büchern und CDs. Mit anderen Worten: dass sich die Arbeit multipliziert.

Oberleitungsteam:
Norbert Binder, Sabine Ball und Ralf Knauthe/Knafffi 2005

Ich sehe für mich selber, dass Gott mich auf unbestimmte Zeit hierher berufen hat, diese Arbeit zu leiten in enger Verbindung mit einem Mitarbeiter-Team und Beratern im Hintergrund, die uns beraten und unterstützen."

Immer neu aufbrechen

So lebt eine starke Vision in den Verantwortlichen des *Stoffwechsel*. Und obwohl Sabine Ball im September 2005 ihren achtzigsten Geburtstag feierte, ist ihr Blick fest nach vorn gerichtet.

Sie plant schon das nächste Projekt: Schon lange lebt der Wunsch in ihrem Herzen, einen neuen Zweig von *Stoffwechsel* zu eröffnen. Sie sitzt bei mir im Zimmer in Marburg und erzählt mit leuchtenden Augen von ihrem Traum. Sie möchte gern auf dem Land leben, ganz einfach in einem Bauwagen mit Bullerofen, und noch einmal ganz neu anfangen. Es soll ein Ort entstehen, in dem Jugendliche, weit entfernt von ihrer alten Umgebung, neu leben lernen.

Der Ort: ein altes Schloss oder eine Burg, ein Bauernhof oder eine Mühle. Nach und nach soll dort wieder aufgebaut werden, und während des äußeren Aufbaus soll ein innerer Aufbau geschehen. Menschen sollen wieder aufgebaut werden und in ihre wahre Bestimmung hineinfinden.

Sabine ist überzeugt, dass Gott, wie bisher auch, mithelfen und alles lenken wird:

„Liebe, Geduld, Kraft und Weisheit werden wir von ihm erhalten, genauso wie alles Baumaterial, das wir für den Aufbau dieser Häuser brauchen. Dies haben wir beim Ausbau unserer Häuser in der Martin-Luther-Straße selbst erlebt, wenn es auch eine lange Zeit brauchte. So könnten wir durch unser Vorleben ein Zeugnis sein für eine ungläubige Welt. Nichts können wir mitnehmen, nichts ist beständig als das, worauf wir bauen in Jesus Christus. Daher ist dies auch ein Aufruf nach Mitarbeitern, die eine Berufung haben, mitzuhelfen beim Aufbauen, um unseren verlorenen und verletzten Kindern Mütter und Väter zu sein."

Eine notwendige Zuwendung

Väter und Mütter werden für eine leicht übersehene Generation – diese Vision berührt mein Herz. Ich bin dankbar, dass ich diesen Ruf durch die Begegnung mit Sabine Ball neu und deutlich hören konnte.

Beim Nachdenken darüber fällt mir die Voraussage aus dem letzten Kapitel des Alten Testaments ein: „Er (Gott) wird das Herz der Väter bekehren zu ihren Kindern und das Herz der Kinder zu ihren Vätern." (Maleachi 3,24)

Solch eine Herzensbekehrung wünsche ich mir für mich und für die mittlere und ältere Generation in unserem Land. Denn danach werden wir einmal gefragt werden: ob wir die Fackel der Liebe Gottes weitergegeben haben. Es stimmt: Die Gemeinde des Christus Jesus ist immer nur eine Generation weit vom Aussterben entfernt. Das Großartige ist, dass wir Gottes Mitarbeiter sein sollen, Träger seiner Liebe, Vermittler seiner Botschaft, Gehilfen zur Freude. Um das sein zu können, müssen wir uns bewusst und selbstvergessen der nächsten Generation zuwenden. Denn jeder einzelne ist so viel mehr wert als Millionen.

Dietrich Bonhoeffer hat diese Aufgabe einmal so in Worte gefasst: „Die letzte verantwortliche Frage ist nicht, wie ich mich heroisch aus der Affäre ziehe, sondern wie eine kommende Generation weiterleben soll."

Wir brauchen eine neue Passion, die Menschen unseres Landes in Berührung mit dem Gott zu bringen, der unser Leben erneuert. Und wir brauchen eine neue Vision für das, was er mit uns und durch uns verändern will. Diese Vision kann sich nähren aus dem Glauben, dass Gott uns nicht uns selbst überlassen wird, und der Hoffnung, dass das Ende seiner Wege Liebe sein wird.

Die Vision – heute und morgen

Stoffwechsel ist einer der Punkte in unserem Land, und Gott sei Dank nicht der einzige, wo dieser Glaube, diese Hoffnung und diese Liebe Gestalt gewonnen hat in ganz gewöhnlichen Menschen. Mir ist es eine Freude und Ehre, dass ich mit dieser Arbeit und vor allem mit denen, die sie verkörpern, in Berührung kommen konnte. Ihre Leidenschaft, ihr Durchhaltevermögen und ihre Liebe beeindrucken mich immer wieder. Und ich werde selbst herausgefordert von ihrer Vision für die junge Generation.

So soll ganz am Ende dieses Buches die Vision stehen, wie sie

Sabine, Knafffi, Norbert und all die anderen Mitarbeiter formuliert haben, und, was noch wichtiger ist: leben.

Diese Vision ist aus der Überzeugung geboren, dass jedes einzelne Menschenleben unendlich viel mehr wert ist, als alles, was in Zahlen messbar ist. Diesen Wert hat uns kein anderer verliehen als der, dessen Liebe unendlich ist: Gott, der Vater, der uns in Jesus Christus ganz nahe gekommen ist.

Stoffi-Vision

Was?
Unser Ziel ist es, die Herzen von vorrangig sozial benachteiligten Kindern und Jugendlichen und deren Familien hier aus Dresden und Umgebung mit der Liebe Gottes zu erreichen und sie herauszufordern, Jesus nachzufolgen: *Stoffwechsel* im Herzen. Das heißt: Unser Name ist auch Programm.

Wie?
Hingehen – wir sind zuständig. Gemeinschaft. Essen. Beziehung. Freundschaft. Förderung. Begleitung, sozial und geistlich. Verkündigung. Zusammenarbeit mit Gemeinden und Projekten.

Wo?
Stoffi-Neustadt. Stoffi-Pieschen. Stoffi-Mobil.

Und – was es noch nicht gibt:
Stoffi-Prohlis. Stoffi-Land.

Alles nach dem Motto:
Jesus ist Hilfe zur Selbsthilfe. Jesus. Test it.

Die Struktur von *Stoffwechsel* (Herbst 2005)

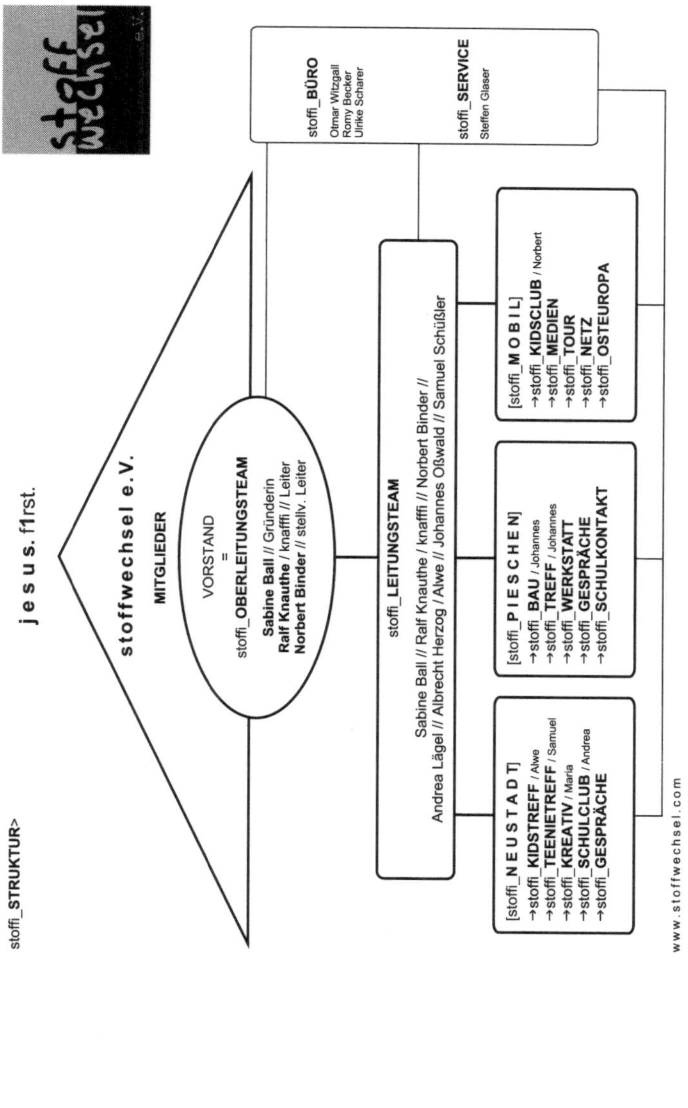

Gern gibt das Mitarbeiter-Team Auskunft über den *Stoffwechsel* e.V. und die Sabine-Ball-Stiftung.

Wenden Sie sich bitte einfach an die unten aufgeführten Ansprechpartner.

Sie danken für jedes Interesse und jede Unterstützung.

stoffwechsel e.V.
www.stoffwechsel.com
info@stoffwechsel.com

Sabine-Ball-Stiftung
www.sabine-ball-stiftung.de
info@sabine-ball-stiftung.de

stoffwechsel e.V. / Sabine-Ball-Stiftung
Martin-Luther-Str. 29
D-01099 Dresden

Tel: 0351.803 35 00
Fax: 0351.803 35 01

Ansprechpartner:

Sabine Ball
Gründerin / info@stoffwechsel.com

Ralf Knauthe
Leiter / knafffi@stoffwechsel.com

Norbert Binder
stellv. Leiter / norbert@stoffwechsel.com

Die Mitarbeiter im Sommer 2005

Bücher

„Mehr als Millionen“
Millionärin – Hippie – Mutter Teresa von Dresden
Die Biografie von Sabine Ball
Steffen Kern / Brunnen Verlag Gießen

„Weil du Gott wertvoll bist“
Kreativ_mit Jesus_auf die Straße_zu den Kids
Norbert Binder / cap!-music

CDs

„ALARM in dresden“
Teil 1: Das schönste Geschenk
Weihnachtshörspiel + 8 Lieder für Kinder

HELLERBERG:GÄNG
„lass den peace rein“
Eine Kinder + Teenie CD
cap!-music

„Sabine Ball – Von der Millionärin zur Tellerwäscherin“
Ein spannendes Hörspiel für Kinder + Familien
cap!-music

„Weil du Gott wertvoll bist“
Eine Kinder-Lieder-Bewegungs CD zum Mitmachen
Norbert Binder / cap!-music

Steffen Kern

Mehr als Millionen

Sabine Ball: Millionärin – Hippie – Mutter Teresa von Dresden

204 S., gebunden, mit Fotos,
ISBN 3-7655-1812-3

Sie war steinreich und bettelarm. Sie unterhielt sich mit Richard Nixon und tanzte mit dem Schah von Persien. Sie wohnte in Villen, aber auch in Baracken, Scheunen und in einem Kloster am Rande des Himalaja: Sabine Ball.

Eine tiefe Sehnsucht trieb sie um die Welt. Sie nannte Miami und Santa Barbara ihr Zuhause, Istanbul und Karatschi, San Francisco und New York – und nach langen Jahren wieder Dresden. Sie suchte das große Glück – und fand mehr als Millionen.

BRUNNEN VERLAG GIESSEN
www.brunnen-verlag.de

Misty Bernall

Cassie

Sie sagte ja und musste uns viel zu früh verlassen. 17 Jahre mit meiner Tochter.

144 S. Taschenbuch, mit Fotos,
ISBN 3-7655-3856-6

Cassie Bernal wird nur 17 Jahre alt. Sie ist eines der 13 Todesopfer, die am 20. April 1999 durch die Schüsse zweier Mitschüler ums Leben kommen. Hier zeichnet ihre Mutter die Spuren des Lebens ihrer Tochter nach, bis zu ihrem letzten Minuten in der Schulbibliothek, als einer der Attentäter sie fragt: „Glaubst du an Gott?“ Und Cassie sagt: „Ja.“

BRUNNEN VERLAG GIESSEN
www.brunnen-verlag.de

John Robinson

Nobody's Child

Der Junge, den niemand haben wollte

160 S. Taschenbuch, mit Fotos,
ISBN 3-7655-3831-0

Er ist lieb, intelligent und der Klassenclown. Aber er ist allein, ohne Eltern, ein Pflegekind. Er wird herumgestoßen, abgelehnt und will doch nur irgendwo dazugehören. John Robinson ist Nobody's Child. Mit 18 kommt er ins Gefängnis. Eine Perspektive für die Zeit nach der Haft hat er nicht. Wieder in Freiheit, sprechen ihn Christen auf der Straße an … Erleben Sie mit, wie Gott ein Leben verändern kann, das menschlich gesehen ohne Hoffnung ist.